Yuko Huang / 堀尾友紀 / 葉平亭 ◎ 著
田中綾子 ◎ 審訂

完美待客!
餐飲服務日語

いらっしゃいませ

ありがとうございます

如何聆聽 MP3 音檔

寂天雲 APP

❶ 寂天雲 APP 聆聽
　① 先掃描書上 QR Code 下載 寂天雲 APP。
　② 加入會員，進入 MP3 書櫃首頁，點下方內建掃描器
　③ 再次掃描 QR Code 下載音檔，即可使用 APP 聆聽。

❷ 在電腦或其他播放器聆聽
　① 請上「寂天閱讀網」（www.icosmos.com.tw），註冊會員並登入。
　② 搜尋本書，進入本書頁面，點選 🔊 MP3 下載 下載音檔，
　　存於電腦等其他播放器聆聽。

目錄

前言 　　　　　　　　　　　　　　　　　　　　　　4

PART 1　基本表現 基本表現
　Unit 1　敬語　敬語　　　　　　　　　　　　　　8
　Unit 2　基礎の接客会話　基礎待客會話　　　　　14

PART 2　出迎え 迎賓
　キーワード　　　　　　　　　　　　　　　　　24
　キーセンテンス　　　　　　　　　　　　　　　25
　Unit 3　出迎え　迎賓　　　　　　　　　　　　26
　Unit 4　席の要望があった場合　選位　　　　　34

PART 3　オーダー 1 點餐 1
　キーワード　　　　　　　　　　　　　　　　　46
　キーセンテンス　　　　　　　　　　　　　　　47
　Unit 5　オーダーの受け方　為客人點餐　　　　48
　Unit 6　メニューを紹介する　介紹菜單　　　　52
　Unit 7　メインディッシュ・
　　　　　アルコール類のオーダー　點主菜、酒類　59

PART 4　オーダー 2 點餐 2
　キーワード　　　　　　　　　　　　　　　　　70
　キーセンテンス　　　　　　　　　　　　　　　71
　Unit 8　注文の品について　關於餐點　　　　　73
　Unit 9　追加オーダーの場合　加點　　　　　　81
　Unit 10　ラストオーダー　最後點餐時間　　　　86

PART 5　料理を出す 上菜

キーワード	92
キーセンテンス	93
Unit 11　料理を出す 上菜	94
Unit 12　食事中 用餐中	100

PART 6　お会計 結帳

キーワード	108
キーセンテンス	109
Unit 13　お会計 結帳	110
Unit 14　個別会計・領収書 個別付帳、開立收據	116
Unit 15　見送り 送客	124

PART 7　クレーム処理 客訴處理

キーワード	130
キーセンテンス	131
Unit 16　料理を出すとき 出菜的時候	132
Unit 17　食事中 用餐時	138
Unit 18　味について 關於味道	146

PART 8　電話対応 電話應對

キーワード	154
キーセンテンス	155
Unit 19　電話でのご予約 電話訂位	156
Unit 20　他の電話対応 其他接聽應答	164

附錄

1. 飲食相關用語	172
2. 會話中譯＆句型解答	183
3. 練習解答	198

　　《完美待客！餐飲服務日語》是一本餐飲實務的專業用書，主要提供餐飲界的從業工作人員學習正確合宜的日語。

　　本書以從客人上門到離開的服務流程為主軸，主題包含「迎賓」、「點餐」、「上菜」、「結帳」、「客訴處理」等等。

本書結構

全書共有 8 個 Part，每個 Part 包含：

キーワード：該主題必學單字

キーセンテンス：該主題必學關鍵句子。

Unit：與主題相關的最重要 2～3 個單元，包含情境會話及應用句型、小知識等。

情境 Unit：全書共有 20 個 Unit，每個 Unit 包含 2～3 個「情境會話」；每個「情境會話」均有相應的「應用句型」或是餐飲的「豆知識」（小常識）。

單元練習：每個 Unit 後面均有 1～2 頁的練習題，讓讀者做深入的回饋練習，了解自己是否確實地掌握了內容如何運用。

單字附錄：提供餐飲、食材等等的相關單字。包含：調味料、穀類、蔬葉、肉類、水果、海產類、飲料等等共 15 個主題。

　　每個 Unit 中的情境會話，是配合每個主題去撰寫，內容實用、長短合宜。會話之後還提供相關的注釋，提供難字或文法解釋，以及貼心的服務小秘訣。讀熟會話內容，讓重要的句子深印腦海，臨場工作時才不會因為怯場而出錯！

　　利用應用句型來做套入練習，藉此增加敬語運用的嫻熟度。抽出會話中的必學句型，提供相關的單字、句子做替換練習。「應用句型」除了著重於句型的熟悉度之外，另一重點就是敬語的轉換。如果覺得會話文中的

敬語句子看起來很長，覺得運用困難，就需要多做「應用句型」的練習。

「豆知識」是針對單元主題補充餐飲相關資訊，讀者可以更輕鬆地掌握相關的小細節或是更豐富的表達方式，以對主題更深入了解。

另外，在本書在 Part 1 簡潔扼要地介紹「日文敬語」，讓讀者對敬語有簡單的了解，內容包含基本敬語規則、敬語的形態及相關基本知識等等。

敬語的學習難度高，常讓人打退堂鼓，但是餐飲服務人員接待日本客人時，要達到圓融而有效率的溝通，敬語的學習絕不可少！要成為專業的人材，「敬語」是非得越過不可的山頭。

所以在餐飲服務日語中，光是「はい」、「すみません」是不夠用的，必須學會「かしこまりました」、「ご迷惑をおかけしまして大変申し訳ございません」等等，才能呈現高度的專業。

敬語雖然難，但是只要先學會使用頻率最高的常用表達方式，像是「お待ちいただけますでしょうか。」、「恐れ入りますが……」、「……でございます。」等等，再套上本書中提供的常用會話，就算你不知道敬語中繁雜的尊敬語、謙讓語、丁寧語，在面對客人時也可以得心應「口」，正確得體地說一口漂亮的日文！

由點到線，再由線到全面──希望本書精心的設計及基礎又實用的內容，可以讓站在服務最前線的你輕鬆做好職前訓練，迅速進入工作狀況！不僅應對進退得宜，同時也能讓客人時時刻刻感到被尊重，變身為最完美、最得體的服務生！

PART

基本表現

- Unit 1 敬語
- Unit 2 基礎の接客会話

Unit 1 敬語

敬語

基本敬語

你聽過服務業中的「いかもおおあし」嗎？「いかもおおあし」是取下面的服務業七大用語的第一個字所組成，如果加上「失礼いたします」就是「7＋1」的版本。這些繞口日文都是日文中的敬語表達方式！

- いらっしゃいませ。
- かしこまりました。
- 申し訳ございません。
- 恐れ入ります。
- お待たせいたしました。
- ありがとうございます。
- 少々お待ちください。

那麼，為什麼日文要使用這麼麻煩的敬語呢？

日本人與他人的遠近親疏、輩分關係，可以由語言直接呈現出來。如果對方是自己的上司、長輩，那就得用敬體甚至「敬語」；如果對方是自己的下屬、晚輩就可以用「常體」—— 從敬語的使用與否就可以「聽」出端倪！

餐飲服務業裡客人至上是鐵律，理所當然要對客人使用敬語 —— 適切的敬語，再加上微笑就是與客人之間最佳的潤滑劑！

餐飲日文中的敬語主要用在會話中，使用起來不像商業文書那麼難，要說得得體又有禮，首先只要具備基本的敬語知識，同時熟記幾個基本句型，加以靈活運用，就可以讓客人感到賓至如歸。

敬語的種類有哪些？

所謂的敬語可以分為「**尊敬語**」、「**謙讓語**」、「**丁寧語**」三種，分別在各種不同的情況下使用。

尊敬語
- 與對方相關的動作、事物
- 抬高對方地位，表示對對方的敬意。
  如「お（ご）～なさる」、「お（ご）～になる」、字首加上「ご・お」、特定單字「いらっしゃる」等等。

謙讓語
- 與己方相關的動作、事物
- 拉低自己立場，表示謙遜態度。
  如「お（ご）～いただく」、字首加上「ご・お」、特定單字的「承る」、「参る」等等。

丁寧語
- 與兩方相關的動作、事物
- 彼此屬於平等立場，用委婉客氣的方式，讓對方感受到被尊重。
  語尾的「です」「ます」「ございます」、字首加上「ご・お」等等。還有「この人」說成「こちら」；「誰」說成「どなた」等等，均屬「丁寧語」。

形成敬語的五大類型

1	加上接頭語、接尾語	在名詞前後加上固定的接頭語或接尾語 お仕事、貴社、ご家族、御社 山村様、社長殿、青木さん……。
2	特殊不規則型動詞	某小部分動詞有其相對的固定敬語動詞。 ・いる ⇨ いらっしゃる（尊敬語）； 　　　　おる（謙讓語） ・する ⇨ なさる（尊敬語）； 　　　　いたす（謙讓語） 　　　　　⋮
3	特定句型	除了上面特殊型的動詞之外，其他動詞套入特定的句型就形成敬語。 ・お（ご）動詞ます形＋になる ・お（ご）＋動詞＋いたす 　　　　　⋮
4	句尾特定詞	主要用在「丁寧語」 ・～です ・～ます ・～でございます
5	輔助敬語的用語	雖然本身不是敬語，但是利用「改為鄭重表現」的方式呈現敬語的效果。 ・すぐに　⇨ ただいま ・きのう　⇨ 昨日(さくじつ) ・ちょっと⇨ 少々(しょうしょう) 　　　　　⋮

接頭語要用「お」還是「ご」？

在名詞前面要接「お」還是「ご」有一般性的規則：

「お」接在「和語」前面：お勤め・お望み

「ご」接在「漢語」前面：ご勤務・ご希望

但是有例外，如：

「漢語」前面加上「お」	お弁当・お食事・お行儀・お料理・お散歩・お掃除・お電話……。
「和語」前面加上「ご」	ごゆっくり・ごひいき・ごもっとも……。
加上「お」或「ご」都可以	お返事・ご返事 お勉強・ご勉強 お通知・ご通知
大部分的外來語前面均不加「お」或「ご」	×おコーヒー　○おビール ×おベッド　　○おトイレ
大部分的動物或植物前面不加「お」或「ご」	×お鳥　○お魚 ×お麦　○お花 （お馬さん・お猿さん是例外。）

PART 1 基本表現

Unit 1 敬語

動詞不規則形尊敬語、謙譲語

動詞	尊敬語	謙譲語	丁寧語
いる	いらっしゃる・おいでになる	おる	います
する	なさる	いたす	します
言う	おっしゃる	申(もう)す・申(もう)し上(あ)げる	言います
行く	いらっしゃる　おいでになる	参(まい)る	行きます
来る	いらっしゃる・おいでになる　お越(こ)しになる　お見(み)えになる	参(まい)る・うかがう	来ます
聞く	——	うかがう、拝聴(はいちょう)する	聞きます
食べる・飲む	召し上がる	いただく	食べます・飲みます
会う	——	お目(め)にかかる	会います
見る	ご覧(らん)になる	拝見(はいけん)する	見ます
寝る	おやすみになる	——	寝ます
あげる		差(さ)し上(あ)げる	あげます
もらう	お受(う)けになる	いただく・頂戴(ちょうだい)する	もらいます
くれる	くださる	賜(たま)る	くれます
知っている	ご存知(ぞんじ)だ	存(ぞん)じている　存(ぞん)じ上(あ)げる	知っています
着る	お召(め)しになる	——	着ます
思う・考える	——	存(ぞん)ずる	思(おも)います
わかる	——	承知(しょうち)する	わかります
借りる	——	拝借(はいしゃく)する	借(か)ります

＊ 欄位空白的地方，表示沒有特別相應的字詞。

常用敬語的句型

尊敬語	1	「〜れる」「〜られる」	読まれる
			来られる
	2	「お（ご）〜になる」	お帰りになる
			ご覧になる
	3	「お（ご）〜ください」	お待ちください
		「お（ご）〜くださる」	ご推薦くださる
謙譲語	4	「お（ご）〜する」❶	お持ちします
		「お（ご）〜いたす」	ご連絡いたします
	5	「お（ご）〜いただく」	お電話いただきました
			ご予約いただきました
	6	「お（ご）〜願う」	お入り願います
	7	「お（ご）〜申し上げる」	お喜び申し上げます
丁寧語	8	「〜です」	こちらは鈴木さんです
	9	「〜ます」	ご飯を食べます
	10	「〜でございます」	私は鈴木でございます

❶ 「お（ご）〜できる」是「お（ご）〜する」的可能形。

Unit 2 基礎の接客会話

基礎待客會話

致謝	・ありがとうございます。　謝謝。 ・ご来店ありがとうございました。 　謝謝您光臨本店。
道歉	・（大変）申し訳ございません。 　（很）抱歉。 ・（大変）失礼いたしました。　（很）抱歉。 ・お詫び申し上げます。　向您致上歉意。
詢問	・お客様！　（叫住客人時）客人您……。 ・どのようなご用件でしょうか。 　請問您有什麼事？
請求	・恐れ入りますが、こちらにお名前をご記入くださいませ。　抱歉麻煩您在這裡簽名。 ・よろしければ、ご用件をお聞かせください。　可以的話，可以告訴我您有什麼事嗎？ ・もう一度お願いいたします。 　麻煩再一次。
拒絕	・私どもでは、分かりかねます。 　我們不清楚。 ・ご遠慮させてください。　懇請讓我們拒絕。

14

知道

- 承知いたしました。　　我了解了／我知道了。
- かしこまりました。　　是的，遵命。

等候

- 少々お待ちください。　　請稍等。
- 少しお時間をいただけますか。
  可以給我一點時間嗎？
- しばらくお待ちいただけますでしょうか？
  可以請您稍等嗎？
- お待たせいたしました。　　讓您久等了。

聽不懂

- もう一度おっしゃってください。
  請您再說一次。
- もう少し大きな声で話してください。
  請您說大聲一點。
- 紙に書いていただいてもよろしいですか。
  可以請您寫在紙上嗎？

其他

- ただいま、参ります。　　馬上來！
- さようでございますか。　　是這樣啊？
- 失礼いたします。／失礼いたしました。
  （進門、離開、借過等的時候）抱歉；對不起。
- 恐れ入りますが……。
  〔很惶恐地〕麻煩您……。
- 調べて参ります。少々お待ちください。
  我查一下，請您稍等。
- 担当者を呼んでまいります。
  去請負責的同仁過來。

:::speech
定休日[1]はいつですか。
:::

:::speech
～曜日 が休みでございます。
:::

例 月曜日
⇨ 毎週月曜日が休みでございます。
⇨ 毎月の第２・第４月曜日です。

月曜日	木曜日	土曜日
火曜日	金曜日	日曜日
水曜日		

---

[1] 全年無休則是「年中無休でございます」。

営業時間は 何時から／何時まで ですか。①

 ～からです。／～までです。

例1 朝・7時30分（から）
⇨ 朝7時30分からです。

例2 夜・9時半（まで）
⇨ 夜9時半までです。

朝	1時	7時	10分
夜	2時	8時	20分
午前～時	3時	9時	30分
午後～	4時	10時	40分
～時半	5時	11時	50分
	6時	12時	半

① 24小時營業則是「24時間営業でございます」。

この コース／セット はいくらですか。

～元・円 でございます ①

例 3,890 ⇨ お一人様 3,890 元です。

1万	千・1千 ②	百	1
いちまん	せん・いっせん	ひゃく	いち
2万	2千	2百	2
にまん	にせん	にひゃく	に
3万	3千	3百	3
さんまん	さんぜん	さんびゃく	さん
4万	4千	4百	4
よんまん	よんせん	よんひゃく	よん・よ
5万	5千	5百	5
ごまん	ごせん	ごひゃく	ご
6万	6千	6百	6
ろくまん	ろくせん	ろっぴゃく	ろく
7万	7千	7百	7・7
ななまん	ななせん	ななひゃく	なな・しち
8万	8千	8百	8
はちまん	はっせん	はっぴゃく	はち
9万	9千	9百	9
きゅうまん	きゅうせん	きゅうひゃく	きゅう
10万			10
じゅうまん			じゅう

① 百万；一千万；一億。「4円」讀作「よえん」；「4元」讀作「よんげん」。

② 如果是「一千」開頭的價格的話，就不讀「1」的數字，如「1980円」是「せんきゅうひゃくはちじゅう円」。

 すみません。トイレはどこですか。

 （〜は）〜にございます。[1]

例 1階 ⇨ 1階にございます。

いっかい 1 階	ごかい 5 階	きゅうかい 9 階
にかい 2 階	ろっかい 6 階	じゅっかい 10 階
さんがい 3 階 [2]	ななかい 7 階	じゅういっかい 11 階
よんかい 4 階	はっかい 8 階	じゅうにかい 12 階

---

[1] 可同時參照 P. 165

[2] 在日本某些地區，三樓也可以說「さんかい」。另外，八樓也可說「はちかい」。其他位置的表現，請參照 P. 165。

 すみません。レストランはどこですか。

 場所 でございます。

例　まっすぐ行ったところ❶
　⇨　まっすぐ行ったところでございます。

ホテルの隣

あの辺り

このビルの裏

銀行の向かい側

❶「まっすぐ行ったところ」；「隣」；「裏側」；「辺り」；「向かう側」。

其他指路的常用句

沿著……走
- この通り／この道／廊下に沿って行ってください。
  沿著這條大馬路／這條路／走廊走過去。
- 川沿い／道なりに10分歩いてください。
  沿著河／沿著路走10分鐘。
- 廊下に沿って左手／右手にございます。
  沿著走廊的左手邊／右手邊。

轉彎
- 右に曲がってまっすぐ進んでください。
  向右轉直走。
- あちらの角／最初の角を右に曲がってください。
  在那個轉角／第一個轉角右轉。
- そこを曲がったところです。　那邊轉過去的地方。

渡過 穿過
- 橋／信号を渡ってください。　請過橋／紅綠燈。
- このトンネル／商店街を通り抜けてください。
  穿過這個隧道／商店街。

距離 時間
- すぐそこです。　就在那邊。
- 歩いて行けますよ。　步行可以到哦。
- ここからはかなり遠いです。
  從這邊過去的話，有點遠。
- ここからだと20分くらいです。
  從這裡過去的話，大概要20分鐘。

PART 2 出迎え
迎賓

- キーワード
- キーセンテンス
- Unit 3 出迎え
- Unit 4 席の要望があった場合

キーワード

お客(きゃく) 客人
レストランスタッフ／ウェイター
餐廳工作人員／服務生
～名様(めいさま) ～位

席(せき) 位子
禁煙席(きんえんせき) 禁菸區
喫煙席(きつえんせき) 吸菸區
カウンター席(せき) 櫃枱位子
テーブル席(せき) 一般位子
満席(まんせき) 客滿

奥の席(おくのせき) 裡面的位子
4人掛(にんが)けのお席(せき) 四人座的位子
窓際(まどぎわ) 窗邊
相席(あいせき) 併桌
出口(でぐち) 出口
非常口(ひじょうぐち) 緊急出口

予約(よやく)する 預約
案内(あんない)する 帶位
用意(ようい)する 準備
あいにく 不巧
ただいま 馬上，隨即
定休日(ていきゅうび) 公休日
店長(てんちょう) 店長
シェフ／料理長(りょうりちょう)
主廚／日式餐廳主廚

24

キーセンテンス 🎧 004

迎賓
- いらっしゃいませ。何名様ですか。
  歡迎光臨，請問幾位？
- 申し訳ございません。ただいま満席でございます。
  很抱歉，目前客滿了。
- あと10分ほどでご案内できるかと思いますが…。
  大約再10分鐘就可以為您帶位。

預約
- ご予約されていますか。
  您有預約嗎？
- お名前をいただけますか。
  請問您的大名是？
- 井上様、6時で、4名様でございますね。
  井上先生，您是6點、4位，對嗎？

帶位
- ご案内いたします。こちらへどうぞ。
  我來帶位，這邊請。
- お待たせしました。
  讓您久等了。

禁菸
- 申し訳ございません。当店は禁煙でございます。
  很抱歉，本店全面禁菸。
- 喫煙は屋外の席のみでございます。
  只有戶外的座位才能抽菸。

Unit 3 出迎え

迎賓

会話 1　通常の場合　一般情形

 いらっしゃいませ。何名様(なんめいさま)ですか。❶

 2人(ふたり)です。禁煙席(きんえんせき)をお願(ねが)いします。

 かしこまりました。
お席(せき)へご案内(あんない)いたします。
こちらへどうぞ。❷

❶ 當來店人數過多無法一一清點時，可以使用這句。如果一眼就可以確認人數時，可以問：「N名様ですか。」（請問一共是 N 位嗎？）。另外，當然不可以當著客人的面，用手指一一點算人數。

❷ 請勿用手指表示帶位的方向，而改以手心朝上的方式表示。

何名様ですか。

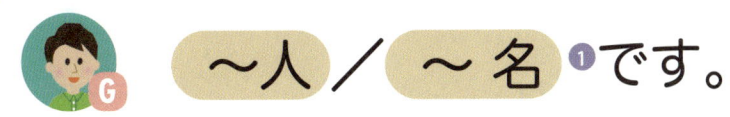

例1 一人(ひとり) ⇨ 一人(ひとり)です。

| 1人(ひとり) | 2人(ふたり) | 3人(にん) | 4人(にん) | 5人(にん) |

| 6人(にん) | 7人(にん) | 8人(にん) | 9人(にん) | 10人(にん) |

例2 1名(めい) ⇨ 1名(めい)です。

| 1名(めい) | 2名(めい) | 3名(めい) | 4名(めい) | 5名(めい) |

| 6名(めい) | 7名(めい) | 8名(めい) | 9名(めい) | 10名(めい) |

豆知識

店員如果要向客人重複確認人數時，要記得使用敬語。不可以用類似「ひとりですか」的表達方式。四位以上「人數」的敬語用「～名様(めいさま)」表達；1～3 人則還有其他表達方式，如：

一位：「1名様(めいさま)」、「おひとかた」、「おひとり（さま）」

二位：「2名様(めいさま)」、「おふたかた」、「おふたり（さま）」

三位：「3名様(めいさま)」、「おさんかた」

四位以上：「～名様(めいさま)」

❶ 客人以「～人」回答比較好，但是「～名」也不算是錯誤。

会話 2　予約表で確認できる場合 [1]　有預約

　いらっしゃいませ。

　予約しておいた石川ですが。

　石川様ですね。ありがとうございます。
　　　少々お待ちください。

………（予約表で確認する）………

　石川様、お待たせいたしました。
　　　7時、6名様ですね。
　　　お待ちしておりました。
　　　ご案内いたします。
　　　こちらへどうぞ。

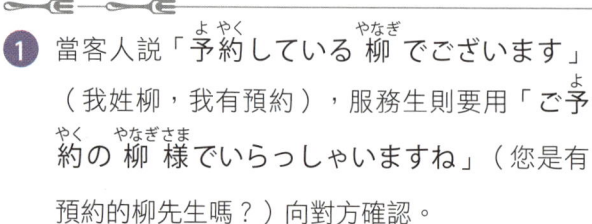

[1] 當客人説「予約している柳でございます」（我姓柳，我有預約），服務生則要用「ご予約の柳様でいらっしゃいますね」（您是有預約的柳先生嗎？）向對方確認。

お（ご）〜する[1]

例1 案内する（ご） ⇨ ご案内します

- 下げる（お）
- 知らせる（お）
- 確認する（ご）
- 待たせる（お）

例2 待たせる ⇨ お待たせして申し訳ございません。

- ご迷惑をかける
- ご不便をかける

例3 ご来店 ⇨ またのご来店をお待ちしております。[2]

- 予約（ご）
- 電話（お）

---

[1]「おR－する／ごNする」表示「我為您（們）做……」之意，是一種自謙的表達方式。「いたす」是「する」的謙譲語。（「R－」是ます形，如「使います」的「使い」形態。）

[2]「〜しております」是「〜しています」的謙譲語。

29

会話3　予約表で確認できない場合 ❶　訂位單沒有客人的名字

お客様、ご予約なさっていますか。

はい、石川で６名です。

石川様ですね。少々お待ください。

…………（予約表で確認する）…………

お待たせいたしました。
ただいま確認いたしましたが、ご予約にはお客様のお名前では承っておりませんが…。
失礼ですが、ほかのお客様のお名前でご予約なさいませんでしたか。

じゃ、青空電気で入っていますか。

青空電気様ですね。……はい、確かにご予約をいただいております。
大変お待たせして申し訳ございませんでした。お席にご案内いたします。

❶ 如果客人名字不在訂位單上，必須考慮以下的可能原因，隨機應變：
　1 客人用別人的名字訂位：經常會有來電訂位與來店客人並非同一人的情形。
　2 客人或服務人員弄錯訂位的日期時間或星期。
　3 客人弄錯餐廳。
　4 服務人員未將客人名字登記在訂位單上。

～ております ①

例　承る ②　⇨　承っております。

伺う　　お待ちする

満席となる　　ご来店をお待ちする

お（ご）～なさる ③

例　予約する（ご）　⇨　ご予約なさいます。

確認する（ご）　　延長する（ご）

心配する（ご）

---

① 「ておる」是「ている」的謙讓語。

② 「承る」（うけたまわる）「接受；承接」之意。在服務業中使用頻率非常高，但字音又臭又長，只能靠死記和多練習克服。

③ 「お（ご）～なさる」是尊敬語句型。「～なさる」用在對方動作；「～いたす」用在自己的動作。

練習問題

1 次の単語を日本語で答えなさい。

1 窓邊 (　　　　　　)	2 主廚 (　　　　　　)	3 櫃枱位子 (　　　　　　)
4 位子 (　　　　　　)	5 客人 (　　　　　　)	6 公休日 (　　　　　　)
7 客滿 (　　　　　　)	8 帶位 (　　　　　　)	9 併桌 (　　　　　　)

2 並び替え

1 か／いらっしゃいませ。／です／何名様

⇨ _____

2 喫煙は／でございます／のみ／屋外の席

⇨ _____

3 予約し／ですが／石川／ておいた

⇨ _____

3 例のように文を作りなさい。

例 下げる	⇨	お下げします
1 知らせる	⇨	_____
2 確認する	⇨	_____
3 待たせる	⇨	_____

例 予約する	⇨	ご予約なさいます
4 延長する	⇨	_____
5 心配する	⇨	_____

4　a、bの正しい方を選びなさい。

1. (　　)（a. 失礼　b. 申し訳）ございません。
2. (　　)（a. お待たせ　b. お待ち）いたしました。
3. (　　) ご予約にはお客様のお名前では（a. ございませんが　b. 承っておりませんが）
4. (　　) 確かにご予約を（a. いただいて　b. 差しあがって）おります。

5　(　)に最もふさわしい言葉を□の中から選びなさい。

| 名前 | 少々 | ただいま | 禁煙 | お席 |

1. (　　　　) お待ちください。
2. (　　　　) 満席でございます。
3. 当店は (　　　　) でございます。
4. (　　　　) にご案内いたします。

6　下の□から最もよい言葉を選んで会話を完成させなさい。
（言葉は繰り返して使用できません）

| かしこまりました　　どうぞ　　いらっしゃいませ　　ご案内いたします |

S：(1　　　　　　　　　　　　　　)。何名様ですか。

G：2人です。禁煙席をお願いします。

S：(2　　　　　　　　　　　　　　　　　)。

　　お席へ（3　　　　　　　　　　　　　　　）。

　　こちらへ（4　　　　　　　　　　　　　　）。

7　次の文を翻訳しなさい。

1. 您有預約嗎？　⇨
2. 請問幾位？　⇨
3. 請稍等。　⇨
4. 我幫您帶位。　⇨

Unit 4 席の要望があった場合

選位

012

会話 1　席のリクエスト　對位子的要求

G：あのう〜、窓際の席に座りたいんですが。❶

S：申し訳ございません。あいにく窓際のお席は満席でございます。奥のお席でしたら、すぐにご案内できるのですが…。

G：でも、窓際の席のほうがいいんだけど……。

S：かしこまりました。窓際のお席が空き次第❷ご案内いたします。お名前をお伺いしてもよろしい❸でしょうか。

G：佐藤です。

S：佐藤様ですね。かしこまりました。それでは、こちらにおかけになってお待ちください。

G：わかりました。お願いします。

～　でございます [4]

例1　満席　⇨　満席でございます。

- 2階(かい)
- テラス席(せき)
- 個室(こしつ)
- テーブル席(せき)
- カウンター席(せき)

例2　窓際(まどぎわ)のお席(せき)は満席(まんせき)
　⇨　あいにく窓際のお席は満席でございます。

- 水曜日(すいようび)は定休日(ていきゅうび)
- 4人掛(にんが)けのお席(せき)は満席(まんせき)

---

① 當客人指定座位時，請盡快應客人的要求作安排。若無法滿足客人要求時，需要向客人說明情況，或者改帶其他座位。

② 「R－次第」表示「一……立刻就……；隨即；馬上」。

③ 「V－てもよろしい」是「V－てもいい」的敬語表現，表示「可以……」。在會話中常用此句型表示「請求許可」。

④ 「～です」的敬語。

会話2 満席—お客様が待ってくれる

客滿——客人要等候

いらっしゃいませ。3名様でいらっしゃいますか。

はい。

申し訳ございません。あいにく、ただいま満席となっております。少々お待ちいただけますでしょうか。

どのくらい待ちますか。

そうですね。あと10分ほどでご案内できるかと思いますが……。

わかりました。それじゃ、待ちます。

では、こちらにおかけになってお待ちください。お席がご用意でき次第、ご案内いたします。

……………………………………………

お待たせいたしました。
お席へご案内いたします。こちらへどうぞ。 ❶

❶ 如果有後到客人人數的位子先空出來時，務必要跟先來客人打個招呼，然後再幫後一組的客人帶位，否則可能因為誤會引起客人的不快。正確的處理如下：
「5名様の田中様、もうしばらくお待ちください。次のお二人様の森田様、どうぞお席へ。」（總共五位的田中先生，請您再稍等。一共二位的森田先生，這邊請。）

（〜は）お（ご）〜 になります[1]

例1 こちらにかける（お）
　⇨ こちらにおかけになってください。[2]

- 待つ（お）
- 並ぶ（お）
- 使う（お）
- 戻る（お）
- 利用する（ご）

例2 おたばこ・吸う
　⇨ おたばこはお吸いになりますでしょうか。

- お子様用のいす・使う
- お取り皿・使う

---

[1] 「おR－になる／ごNになる」表示「您（做）……」之意，尊敬語句型。
[2] 此句可以用比較簡單的「お＋R－＋ください」取代。

お（ご）〜いただけますか

例1 確認する（ご） ⇨ ご確認いただけますか。

待つ（お） ⇨ お待ちいただけますか。

- 座る（お）
- 教える（お）
- 利用する（ご）
- 選ぶ（お）

例2 少々待つ
⇨ 少々お待ちいただけますでしょうか。

- お名前を聞かせる
- お名前を教える
- こちらから選ぶ
- アンケートに協力する

---

① 「おR-いただく／ごNいただく」表示「承蒙您做……」，是一種表示自謙的表達方式，表達出禮貌鄭重的感覺。「いただける」是「いただく」的可能形。

会話3 お客様が帰ってしまう場合

> 客滿──客人不願意等

S: 申し訳ございません。
あいにく、ただいま満席となっております。
少々お待ちいただけますでしょうか。

G: あまり時間がないんですが…。

S: 相席でしたらすぐにご案内できますが。
よろしいですか。❶

G: えっ！相席はちょっと…。
じゃあ、いいです。また、来ます。

S: まことに申し訳ございません。
またのご来店をお待ちしております。❷

---

❶ 問客人是否可以併桌，可以用「ご相席でもよろしいでしょうか」「ご相席をお願いできませんでしょうか」表示。其中的「できますでしょうか」帶點強迫的意味；「できませんでしょうか」則是比較客氣的說法。不得已必須詢問客人是否同意併桌時，態度一定要謙和，不可勉強。

❷ 客滿時，服務生與客人的應對態度是否合宜，關係著客人再度光臨與否，不可不慎。

お（ご）〜できます ❶

例1 案内する（ご）　⇨　ご案内できます。
　　　送る（お）　⇨　お送りできます。

- 用意する（ご）
- 報告（ご）
- 料理を出す（お）

例2 あと10分ほどでご案内する
⇨ あと10分ほどでご案内できるかと思いますが…。

- いい席をご用意する
- デザートをお出しする
- 20時までお待ちする

---

❶ 以「おR－できる／ごNできる」方式接續，是「お（ご）〜する」（謙譲語）的可能形。這個句型用在對方的動作上原本為誤用（正確應該是「お（ご）〜になれる」），但是積非成是，所以有時也會看到如「この入り口はご利用できません。」（這個入口不能使用。）的表達方式。

練習問題

1 a、bの正しい方を選びなさい。

1. (　) (a. お教え b. お教えて) いただけますか。
2. (　) 20時 (a. まで b. ほど) お待ちできるかと思いますが。
3. (　) 相席 (a. いたしします b でしたら)、すぐご案内できます。
4. (　) 料理をお出し (a. なります b. できます)。
5. (　) あと10分ほどで (a. ご用意 b. お用意) できます。

2 例のように文を作りなさい。

例1 並ぶ・なります　⇨　お喜びになります。

例2 見える・でしょうか　⇨　お見えになりますでしょうか。

1. 待つ・なります

⇨ _____

2. 説明する・なります

⇨ _____

3. お子様用のいすを使う・でしょうか

⇨ _____

4. 取り皿を使う・でしょうか

⇨ _____

3 次の文を翻訳しなさい

1. 不巧露台位子客滿了。

⇨ _____

2. 再10分鐘左右就可以為您帶位。

⇨ _____

3 請問是 3 位嗎？
⇨ _____

4 要等多久？
⇨ _____

5 禮拜三是公休日。
⇨ _____

4　（　）に最もよい言葉を下の□から選んで、会話を完成させなさい。

| のですが　　あいにく　　次第　　それでは　　よろしい |

1 申し訳ございません。(a.　　　　　　) 窓際のお席は満席でございます。奥のお席でしたら、すぐにご案内できる (b.　　　　　　)…。

2 窓際のお席が空き (c.　　　　　　) ご案内いたします。お名前をお伺いしても (d.　　　　　) でしょうか。

3 かしこまりました。(e.　　　　)、こちらにおかけになってお待ちください。

5　並び替え

1 か／でしょうお待ち／少々／いただけます
⇨ _____

2 ご来店／お待ちして／また／の／を・おります
⇨ _____

3 んだけど／のほう／窓際の／が／席／いい
⇨ _____

PART 2 迎賓

Unit 4 選位

PART 3 オーダー1
點餐 1

- キーワード
- キーセンテンス
- Unit 5 オーダーの受け方
- Unit 6 メニューを紹介する
- Unit 7 メインディッシュ・
  アルコール類のオーダー

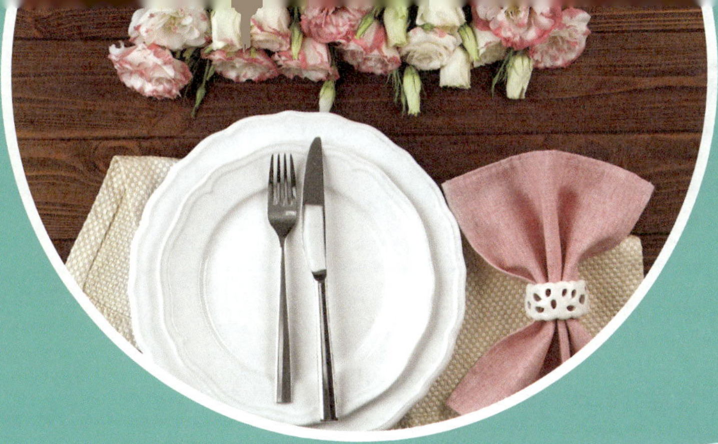

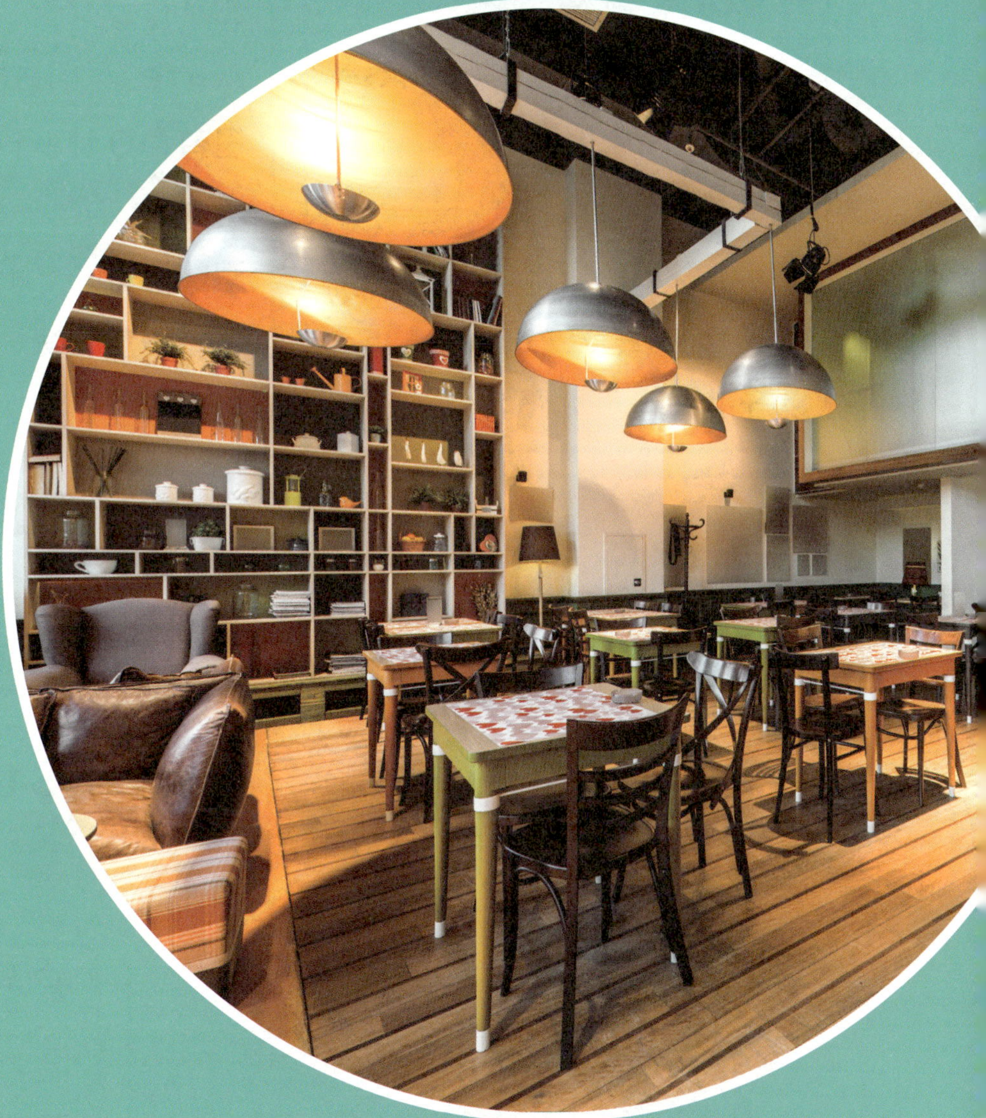

キーワード

日本語	中文
お水を出す	遞水
食前	餐前
食後	餐後
食事と一緒に	跟餐點一起
ソース[1]	醬汁
レア	三分熟
ミディアムレア	五分熟
ミディアム	七分熟
ウェルダン	全熟

日本語	中文
コース料理	套餐
一品料理	單點的料理
お子様ランチ	兒童餐
バイキング形式	自助吧形式
日替わりセット	每日特餐
量は少なめ・多め	量少／量多
濃い目の味	味道濃
さわやかな味	味道清爽
さっぱりした味	味道清淡

日本語	中文
麦茶	麥茶
アイスティー	冰紅茶
テーブル	桌子

日本語	中文
皿	盤子
スプーン	湯匙
フォーク	叉子
ナイフ	刀子
グラス	玻璃酒杯
ナプキン	餐巾

日本語	中文
カップ	（有耳）杯子
コップ	杯子（總稱）
コーヒー	咖啡
箸	筷子
箸置き	筷架

[1] 調味料、辛香料，請參照「飲食相關用語」P. 172。

キーセンテンス 🎧 020

遞菜單	・こちらがメニューでございます。	這是菜單。
	・後ほどご注文を伺いに参ります。 ①	稍後我再為您點餐。
	・ただいま参ります。	馬上來。
點餐	・ご注文をお伺いいたします。	我為您點餐。
	・お決まりになりましたでしょうか。 可以為您點餐了嗎？（您決定好了嗎？）	
推薦	・こちらが本店の看板メニューでございます。 這是本店的招牌菜。	
	・（本日の）おすすめは「牛肉の赤ワイン煮込み」でございます。　本日推薦是「紅酒燉牛肉」。	
	・料理7品で3000元のお得なコースがあります。 我們備有七道菜 3000 元的特惠套餐。	
副餐	・お飲み物・デザート はいかがでしょうか。 要不要來點飲料／甜點？	
	・お飲み物・デザートは何になさいますか。 飲料／甜點您要點什麼？	
點餐後 確認	・ご注文は以上でよろしいですか。 以上就是您點的餐點，沒錯吧？	

① 在一般大眾餐廳裡，侍者可能會說「お決まりになりましたらお呼びください。」（等您決定好了再叫我）。但是在高級餐廳卻大大不宜，因為在高級餐廳裡，客人不會喚叫侍者。所以侍者遞上菜單時，可以說「後ほど承りにまいります。失礼いたします。」，之後侍者必須觀察客人的眼神，掌握客人大概決定好的時間，再上前幫客人點餐。

Unit 5　オーダーの受け方

為客人點餐

会話 1　普通の場合　― 一般情形

（お客様がメニューを閉じたり、あたりを見始めたころ）

S： 失礼いたします。ご注文はお決まりになりましたでしょうか。

G： はい。私は和風パスタセット、飲み物はコーヒー。

S： お飲み物はいつお持ちしましょうか。❶

G： えーと、食前でお願いします。

S： 以上でご注文はよろしいでしょうか。

G： はい。

S： かしこまりました。
では、ご注文の確認をさせていただきます。
和風パスタセットがお一つ、コーヒーがお一つ。❷

G： はい。

S： かしこまりました。それでは、メニューをお下げいたします。……失礼いたします。❸

---

❶ 「R-ましょうか」表示「提出意見、希望，或主動幫助別人」。可以使用上升音調，或是下降音調，但是使用升調，有強調詢問的感覺。

❷ 重覆點菜的內容，可以避免點錯菜的情形發生。

❸ 在為客人服務前後，切記要說聲「失礼いたします」、「失礼いたしました」（不好意思；對不起；先失陪了）。

～させていただきます ❶

例1　お伺いする ⇨ お伺いさせていただきます。

| 挨拶する | 終了する | 失礼する | 案内する |

お（ご）～しましょうか

例1　持つ ⇨ お持ちしましょうか

| 預かる | 用意する | 手伝う |

例2　かばんをお持ちする
　　⇨ かばんをお持ちいたしましょうか。❷

- かばんをお預かりする
- お子様用のいすをご用意する
- 何かお手伝いする

---

❶ 「……させていただく」表示「感謝對方讓自己這樣做」。藉由謙讓的表現方式，表達對客人的敬意，是很常用的敬語表現。但是使用過度，會有過於卑下的感覺，所以使用上要小心。

❷ 將「お（ご）～しましょうか」中的「する」，改為謙讓語的「いたす」，轉成「お（ご）～いたしましょうか」。

練習問題

1　次の単語を日本語で答えなさい。

① 筷子 (　　　　　　)	② (味道)清爽 (　　　　　　)	③ 湯匙 (　　　　　　)
④ 冰紅茶 (　　　　　　)	⑤ 兒童餐 (　　　　　　)	⑥ 醬汁 (　　　　　　)
⑦ 溫毛巾 (　　　　　　)	⑧ (味道)濃重 (　　　　　　)	⑨ 三分熟 (　　　　　　)
⑩ 杯子 (　　　　　　)	⑪ 自助吧形式 (　　　　　　)	⑫ 玻璃酒杯 (　　　　　　)
⑬ 每日特餐 (　　　　　　)	⑭ 餐後 (　　　　　　)	⑮ 餐巾 (　　　　　　)

2　(　)内の言葉を並べ替えてください。

① こちらが (a. の　b. メニューで　c. 看板　d. 本店) ございます。

⇨ _____

② デザート (a. いかが　b. は　c. か　d.) でしょう 。

⇨ _____

③ (a. ご注文　b. 後ほど　c. 伺い　d. を) に参ります。

⇨ _____

④ 料理 (a. 3000元の　b. で　c. 7品　d. お得コース) があります。

⇨ _____

⑤ (a. の　b. は　c. 本日　d. おすすめ)「牛肉の赤ワイン煮」でございます。

⇨ _____

3 （　）に正しい言葉を書きなさい。

1 ご挨拶していただきます。　⇨ _____

2 手伝うしましょうか。　⇨ _____

3 お決まりになるでしょうか。　⇨ _____

4 かばんを預かいたしましょうか。　⇨ _____

4 次の会話を読んで、下の質問に答えなさい。

S： 失礼いたします。ご注文はお決まりになりましたでしょうか。

G： はい。私は和風パスタセット、飲み物はコーヒー。

S： お飲み物はいつお持ちしましょうか。

G： えーと、食前でお願いします。

S： 以上でご注文はよろしいでしょうか。

G： はい。

S： かしこまりました。では、ご注文の確認をさせていただきます。和風パスタセットがお一つ、コーヒーがお一つ。

G： はい。

S： かしこまりました。それでは、メニューをお下げいたします。失礼いたします。

1 お客様は何を注文しましたか。

⇨ _____

2 飲み物はいつ出しますか。

⇨ _____

3 注文したらメニューはどうしますか。

⇨ _____

Unit 6 メニューを紹介する

介紹菜單

会話 1 イタリア料理を紹介する

介紹義大利式餐點

- 失礼いたします。本日のおすすめは新鮮な野菜をふんだんに①使ったトマトソースのパスタでございます。メインディッシュは魚介類の煮込みでございます。よろしければ、②ぜひお召し上がってみてください。

- そうですか。今日はこってりとした③パスタが食べたいんだけど……。

- さようでございますか④。そういたしますと、クリームパスタがございますが、いかがでございましょうか。

- じゃあ、それを一ついただいてみます。メインは他にないの？

- はい。他に牛肉のローストがございます。

- では、それをお願いします。

- かしこまりました。

---

① 副詞，大量地。
② 向客人介紹推薦的菜單時，用強迫命令式的口吻會令人不快，用「よろしければ……」可以表達出委婉的態度。
③ 味道濃、重。
④ 「さようでございますか」是「そうですか」的敬語表達方式。

よろしければ、ぜひ ～ てみてください

例 召（め）し上（あ）がる
⇒ よろしければ、ぜひお召（め）し上（あ）がってみてください。

お使（つか）いになる

お試（ため）しになる

豆知識

所謂的「パスタ」是義大利麵類食物的總稱，常見的義大利麵食名稱有：

1. **スパゲッティ**：spaghetti 實心義大利麵
2. **ラザニア**：lasagna 千層麵，同「ラザーニャ」。
3. **マカロニ**：macaroni 通心粉
4. **ラビオリ**：ravioli 義式水餃
5. **タリアテッレ**：tagliatelle 義大利寬麵
6. **ピザ**：pizza 披薩

其他常和義大麵一起出現的菜單還有：

1. **ドリア**：焗飯
2. **シチュー**：（西洋）燉燴
3. **オムライス**：蛋包飯
4. **グラタン**：焗烤

会話2 中華料理を紹介する

介紹菜單（中國菜）

- S: お決まりになりましたでしょうか。
- G: おすすめはありますか。
- S: こちらの「地鶏と椎茸のスープ」は店の看板メニューでございます。豚肉のお料理がお好きでしたら、「酢豚」もおすすめです。
- G: じゃ、このスープと酢豚を一つ。
- S: この「カニ豆腐」もおいしいです。濃い目のスープに、豆腐、カニ、エビ、野菜など、たくさんの素材がふんだんに入った一品です。ご飯によく合います。
- G: じゃ、これもお願いします。あと、「杏仁豆腐」二つ。以上です。
- S: かしこまりました。ご注文は「地鶏と椎茸のスープ」、「酢豚」、「蟹豆腐」で、デザートは「杏仁豆腐」二つでございますね。
- G: はい。

お（ご）〜です（か）

例　好き ⇨ お好きです。

- 暑い（お）（か）
- 元気（お）（か）
- 立派（ご）
- 恥ずかしい（お）

「〜」は店の看板メニューなんです

例　地鶏と椎茸のスープ
⇨ こちらの「地鶏と椎茸のスープ」は店の看板メニューなんです。

- 北京ダック
- ふかひれスープ
- 唐辛子の鶏肉炒め
- マーボー豆腐
- ショウロンポウ

豆知識

～を～で V もの

這也是很好用的介紹料理的句型。
如「鶏肉をごま油で炒めたものです。」

另外，像是三杯雞等的台灣家常菜，日文怎麼說呢？

1 地鶏の土鍋煮込み　三杯雞
2 地鶏の老酒漬け　醉雞
3 季節の野菜炒め　季節炒青菜
4 チンジャオロースー　青椒肉絲
5 臭豆腐　臭豆腐
6 シジミの醤油漬け　鹹蜆仔
7 大根もち　蘿蔔糕
8 春巻き　春捲
9 シュウマイ　燒賣

---

① 丁寧語，「お（ご）＋形容詞＋です」表示。

② 「地鶏と椎茸のスープ」香菇雞湯「北京ダック」北京烤鴨「ふかひれスープ」魚翅湯「唐辛子の鶏肉炒め」宮保雞丁。

練習問題

1 例のように文を作りなさい。

例 暑い ⇨ お暑いですか。

1. 好き ⇨ _____
2. 嫌い ⇨ _____
3. 元気 ⇨ _____
4. 恥ずかしい ⇨ _____

2 例のように文を作りなさい。

例 ぜひ（ 食べる ⇨ お食べに ）なってみてください。

1. よろしければ（ 召し上がる ⇨ 　　　　　 ）なってみてください。
2. こちらを（ 使う ⇨ 　　　　　 ）なってみてください。
3. ぜひ（ 試す ⇨ 　　　　　 ）なってみてください。
4. よろしければ（ 飲む ⇨ 　　　　　 ）なってみてください。
5. あちらを（ ご覧になる ⇨ 　　　　　 ）みてください。

3 次の単語を日本語で答えなさい。

1. 糖醋排骨 ⇨ _____
2. 北京烤鴨 ⇨ _____
3. 麻婆豆腐 ⇨ _____ 
4. 蘿蔔糕 ⇨ _____
5. 小籠包 ⇨ _____
6. 魚翅湯 ⇨ _____

4　（　）の部分の中国語を日本語にしなさい。

1. 失礼いたします。本日のおすすめは新鮮な野菜を
   （a. 大量地　⇨　　　　　　　）使ったトマトソースのパスタでございます。
   （b. 主菜　⇨　　　　　　　　）は魚介類の煮込みでございます。

2. そうですか。今日は（c. 味道濃重　⇨　　　　　　　　　）パスタが食べたいのだけれど……。

3. G：じゃあ、それを一ついただいてみるわ。メインは他にないのかしら？
   S：はい。（d. 其他　⇨　　　　　　　　　）牛肉のローストがございます。

5　（　）内のa、bから会話にふさわしい方を選びなさい。

1. （　）（a. お決まり　b. おすすめ）になりましたでしょうか。
2. （　）たくさんの（a. 素材　b. 料理）がふんだんに入った一品です。ご飯によく合います。
3. （　）豚肉のお料理が（a. ご満足　b. お好き）でしたら、「酢豚」もおすすめです。

6　並び替え

1. で／は／デザート／ね／杏仁豆腐／二つ／ございます
   ⇨ ────────────────────────

2. ください／ぜひ／になって／お召し上がり／よろしければ／みて
   ⇨ ────────────────────────

3. を／それ／いただいて／一つ／みます
   ⇨ ────────────────────────

4. が／とした／は／きょう／こってり／パスタ／食べたい
   ⇨ ────────────────────────

Unit 7 メインディッシュ・アルコール類のオーダー

點主菜、酒類

会話 1　ステーキを注文する場合 — 點牛排

S: ご注文をお伺いいたします。

G: ミックスサラダとサーロインステーキをお願いします。ステーキの付け合わせは何ですか。

S: フライドポテトにニンジンとブロッコリーでございます。

G: わかりました。

S: お飲物はいかがいたしましょうか。

G: コーヒーをお願いします。

S: ステーキの焼き加減は、いかがいたしましょうか。

G: ミディアムでお願いします。

S: サラダドレッシングはフレンチ、サザンアイランド[1]、それと和風ドレッシングがございますが。

G: じゃあ、フレンチドレッシングにします。

S: コーヒーは今お持ちいたしますか。

G: 食事の後にしてください。

S: かしこまりました。
サーロインステーキをミディアムで、
ミックスサラダにフレンチドレッシング、
コーヒーはお食事の後に。
他にご注文ございませんか。

G: それでけっこうです。

S: ありがとうございました。少々お待ちくださいませ。

---

[1] 也稱為「サウザンドアイランド」。

お（ご）〜いたす

例1 伺う ⇨ お伺いいたします。

- 確認する
- 受ける

例2 ご注文を伺う ⇨ ご注文をお伺いいたします。

- ご予約を確認する
- ご用件を伺う

- お皿を下げる
- メニューを下げる

〜は いかがいたしましょうか [1]

例 ステーキの焼き加減
⇨ ステーキの焼き加減はいかがいたしましょうか。

- お飲み物
- たまご
- 魚
- わさび

---

[1] 問對方希望自己怎麼做、處理。

会話 2 デザートを注文する場合　　點甜點

- S: 失礼いたします。ご注文をお伺いいたします。
- G: ええと、ケーキセットに紅茶をお願いします。
- S: かしこまりました。ケーキセットのケーキですが、ティラミス、ショートケーキ、チーズケーキの中からお選びください。
- G: では、チーズケーキをください。
- S: かしこまりました。以上でご注文はよろしいでしょうか。
- G: はい。
- S: それではご注文の確認をいたします。ケーキセットがお一つ。ケーキはチーズケーキ、お飲み物は紅茶でよろしいですね。
- G: はい。
- S: かしこまりました。それではメニューをお下げいたします。

お（ご）〜 ください

例： 選ぶ ➡ お選びください。

- 呼ぶ
- 声をかける
- こちらに座る
- こちらのお席にかける
- こちら側に並ぶ

豆知識：副餐、飲料

- ムースケーキ　慕斯蛋糕
- ロールケーキ　蛋糕卷
- アップルパイ　蘋果派
- タルト　塔（餅皮上放材料）
- スポンジケーキ　海綿蛋糕
- プリン　布丁
- アイスクリーム　冰淇淋
- ミネラルウォーター　礦泉水
- コーラ　可樂
- ジュース　果汁
- オレンジジュース　柳橙汁
- キウイジュース　奇異果汁
- りんごジュース　蘋果汁
- ぶどうジュース　葡萄汁
- コーヒー　咖啡
- エスプレッソ　espresso 義式濃縮咖啡
- カプチーノ　cappuccino 卡布奇諾咖啡
- アイスコーヒー　冰咖啡
- ブレンドコーヒー　招牌咖啡
- アメリカンコーヒー　美式咖啡
- カフェ・ラテ　拿鐵咖啡
- 紅茶　紅茶
- ミルクティー　奶茶
- アイスティー　冰紅茶
- ハーブティー　香草茶
- ミントティー　薄荷茶
- カモミールティー　洋甘菊茶
- ジャスミンティ　茉莉花茶
- 砂糖　糖
- ミルク　牛奶
- シロップ　糖漿

会話3 アルコール類の飲み物を注文する場合

點酒精類飲料　034

- S: お食事の際にワインはいかがでございましょうか。
- G: ええ、いいですね。
- S: こちらがワインリストでございます。
- G: こくのあるワインがいいんだけど……。おすすめはありますか。
- S: はい、こちらの赤ワインは重厚で、繊細なお味が好評でございます。
ご注文の料理にも合うかと思いますが……。
- G: じゃ、それにします。
- S: かしこまりました。

～はいかがでございましょうか [1]

例　ワイン　⇒　**ワイン**はいかがでございましょうか。

- デザート
- チーズ
- アイスクリーム
- ジュース

～かと思いますが

例　ご注文の料理にも合う
　⇒　**ご注文の料理にも合う**かと思いますが…。

- 野菜にも合う
- デザートにも合う
- 魚にも合う
- ステーキにも合う

---

[1] 「いかがですか」表示客氣詢問對方意願、心情等等。「いかがでございましょうか」是更尊敬的說法。如「コーヒーはいかがですか。」（您要來一杯咖啡嗎？）

練習問題

1　（　）に助詞を入れなさい。

1. 魚にも合う（　　　）と思いますが…。
2. チーズケーキの中（　　　）お選びください。
3. コーヒー（　　　）今お持ちいたしますか。
4. 食事の後（　　　）してください。
5. お飲み物は紅茶（　　　）よろしいですね。

2　例のように文を作りなさい。

例	声をかける	⇨	声をおかけください。
1	こちらに座る	⇨	
2	あちらから選ぶ	⇨	
3	こちら側に並ぶ	⇨	
4	店員を呼ぶ	⇨	
5	こちらのお席にかける	⇨	

3　例のように質問文を作り、（　）を使って自由に答えなさい。

例　飲み物（コーヒー）

Q：　飲み物はいかがいたしましょうか。

A：　じゃあ、コーヒーをお願いします。

1. たまご（オムレツ）

Q：

A：

2. デザート（アイスクリーム）

Q：

A：

3 ステーキの焼き加減（ミディアム）

Q：＿＿＿＿＿＿＿＿＿＿＿＿＿＿＿＿＿＿＿＿＿＿＿＿＿＿＿＿＿

A：＿＿＿＿＿＿＿＿＿＿＿＿＿＿＿＿＿＿＿＿＿＿＿＿＿＿＿＿＿

4 次の文を翻訳しなさい。

1 請問牛排要幾分熟？ ⇨ ＿＿＿＿＿＿＿＿＿＿＿＿＿＿＿＿＿＿＿

2 我確認一下您點的餐點。 ⇨ ＿＿＿＿＿＿＿＿＿＿＿＿＿＿＿＿＿＿＿

3 幫您收盤子。 ⇨ ＿＿＿＿＿＿＿＿＿＿＿＿＿＿＿＿＿＿＿

4 以上是您點的餐點，對嗎？

⇨ ＿＿＿＿＿＿＿＿＿＿＿＿＿＿＿＿＿＿＿＿＿＿＿＿＿＿＿＿＿

5 並び替え

1 ご注文／の／それでは／確認／いたします／を

⇨ ＿＿＿＿＿＿＿＿＿＿＿＿＿＿＿＿＿＿＿＿＿＿＿＿＿＿＿＿＿

2 ケーキ／が／セット／お一つ

⇨ ＿＿＿＿＿＿＿＿＿＿＿＿＿＿＿＿＿＿＿＿＿＿＿＿＿＿＿＿＿

3 お飲み物／紅茶／は／よろしい／で／ですね

⇨ ＿＿＿＿＿＿＿＿＿＿＿＿＿＿＿＿＿＿＿＿＿＿＿＿＿＿＿＿＿

6 次の単語を中国語で答えなさい。

1 メンディッシュ （　　　　　　）	**2** アルコール類 （　　　　　　）	**3** ステーキ （　　　　　　）
4 ミックスサラダ （　　　　　　）	**5** サーロインステーキ （　　　　　　）	**6** フライドポテト （　　　　　　）
7 ミネラルウォーター （　　　　　　）	**8** ブロッコリー （　　　　　　）	**9** ドレッシング （　　　　　　）
10 サザンアイランドドレッシング （　　　　　　）	**11** ショートケーキ （　　　　　　）	**12** ワインリスト （　　　　　　）

PART 4 オーダー 2
點餐 2

- キーワード
- キーセンテンス
- Unit 8 注文の品について
- Unit 9 追加オーダーの場合
- Unit 10 ラストオーダー

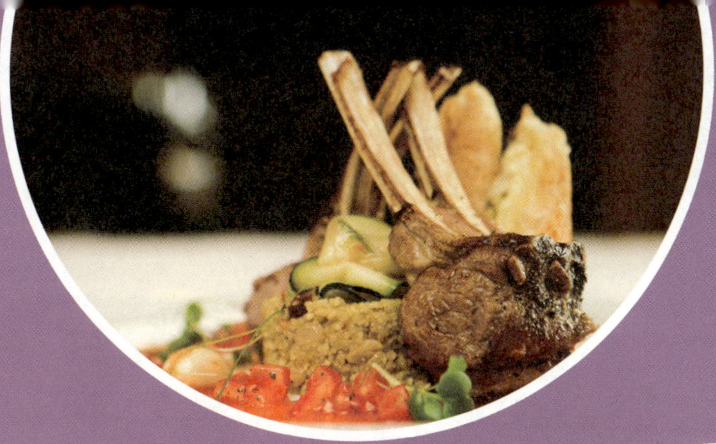

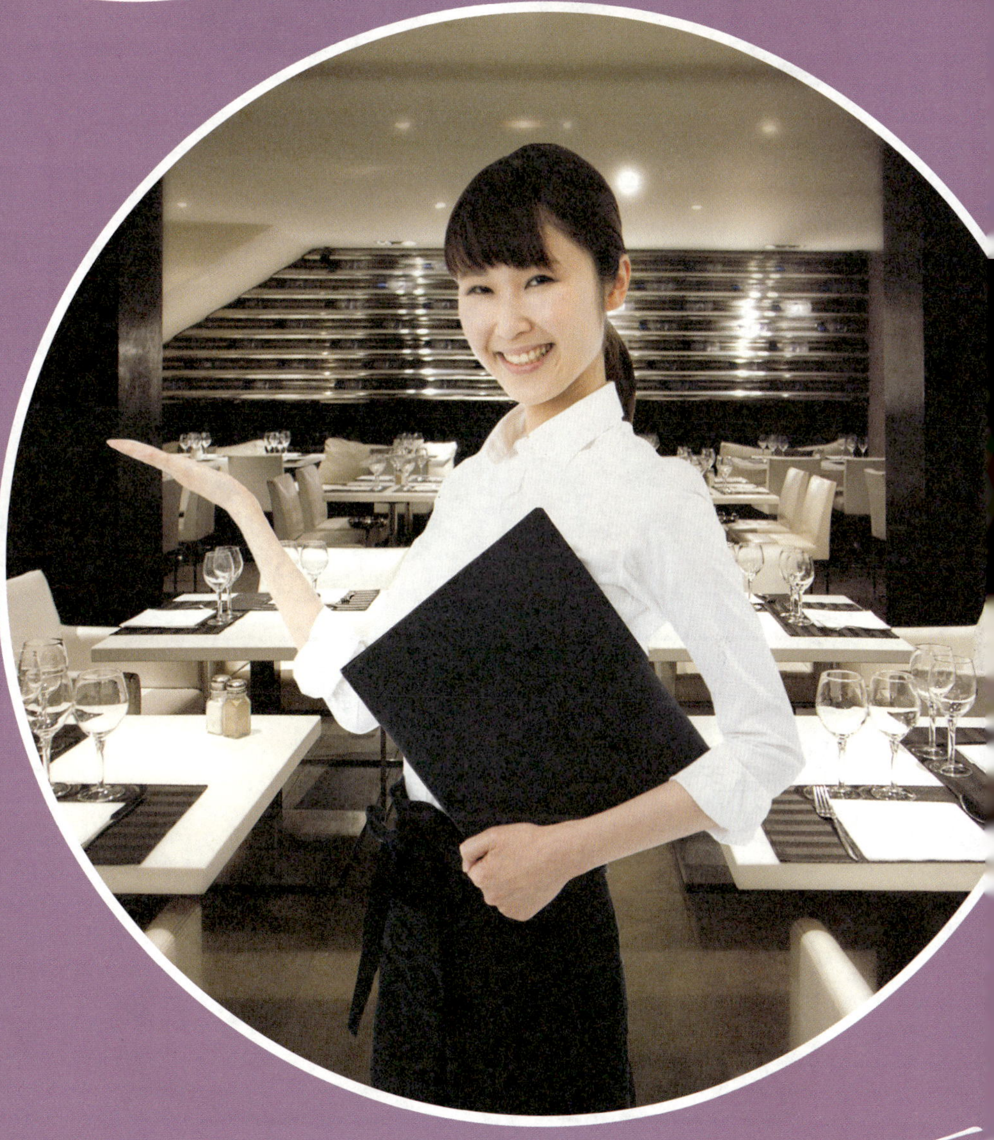

キーワード 🎧037

油で揚げる・揚げ物
用油炸／油炸餐點

醤油で漬ける・シジミのしょうゆ漬け
用醬油醃漬／鹹硯仔

醤油で煮込む・豚肉の煮込み
用醬油燉煮／魯肉

焼く・焼きまんじゅう
烤、煎／煎包

炒める・野菜炒め
炒／炒青菜

和える・干し豆腐と昆布の和え物
拌／涼拌干絲海帶

〜をかける・肉そぼろかけご飯
淋上〜／魯肉飯

蒸す・蒸し餃子
蒸／蒸餃

茹でる・茹で鶏
燙、水煮／白斬雞

| 甘口（あまくち） 甜味
  辛口（からくち）／ドライ 辣口 | 度数（どすう）が低（ひく）い／高（たか）い 酒精濃度低／高 | フルーティな 水果味的
  飲（の）みやすい 喝起來順口 |

| 天然（てんねん）のもの 野生的
  旬（しゅん）の食材（しょくざい） 當季食材 | 自家製（じかせい） 自家製作
  手作（てづく）り 手工製作 | 健康（けんこう）にいい食材（しょくざい）
  對健康有益的食材 |

| 盛（も）り合（あ）わせ 拼盤 | 塩（しお） 鹽
  お酢（す） 醋 | おろしニンニク 蒜泥
  ラー油（ゆ） 辣油 |

キーセンテンス

🎧 038

追加餐點
- ご注文の品は以上でお揃いですか。
  您的餐點都到齊了嗎？
- 追加注文はございませんか。
  請問您要加點嗎？
- 他に何かご注文はございますか。
  其他還點什麼嗎？

各種狀況
- 温かいうちにお召し上がりください。
  請您趁熱吃。
- ご自由にお皿を取ってください。
  盤子自取。
- ドリンクバーはセルフサービスです。
  飲料區是自助式的。
- 調理に30分ほどお時間がかかりますが、よろしいでしょうか。
  料理需要約30分鐘，可以嗎？
- お好みでねぎやニンニクを加えてください。
  可以依您的喜好加入蔥或是大蒜。

介紹料理內容
- 季節によって野菜が替わります。
  依季節不同使用不同蔬菜。
- 当店自慢のソースです。
  這是本店自傲的醬料。

Unit 8 注文の品について

關於餐點

会話 1 　注文の品は時間がかかる場合

所點的菜要多花些時間準備

- S：それではご注文をお伺いいたします。
- G：えびグラタンを一つ。
- S：かしこまりました。えびグラタンは調理に20分ほどお時間がかかりますが、よろしいでしょうか。[1]
- G：えっ、じゃあ、どうしようかな？ゆっくりできないんだけど、何か早くできるものはありませんか。
- S：それでしたら、えびピラフ[2]やカレーライスは比較的お早めにお持ちできますが。[3]
- G：そうですか。それじゃあ、えびピラフを一つください。
- S：かしこまりました。

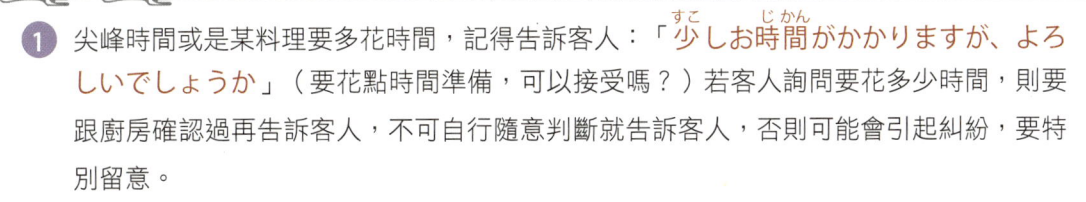

---

[1] 尖峰時間或是某料理要多花時間，記得告訴客人：「少しお時間がかかりますが、よろしいでしょうか」（要花點時間準備，可以接受嗎？）若客人詢問要花多少時間，則要跟廚房確認過再告訴客人，不可自行隨意判斷就告訴客人，否則可能會引起糾紛，要特別留意。

[2] 「ピラフ」pilaf，西式香料飯，口感鬆香。

[3] 侍者要對菜色以及料理時間有充分的了解，才能在忙碌混亂時順利應對。

～が、よろしいでしょうか

例 20分ほどお時間がかかります
⇨ **20分ほどお時間がかかります**が、よろしいでしょうか。

- 21時で閉店です
- 現金のみです 
- コースのみです 
- 単品でご注文はできません
- 味はちょっと辛いです 
- この飲み物に少しアルコールが入っています

会話2　お客様の注文の品がない場合

沒有客人所點的菜

G: えびギョウザをください。

S: 申し訳ございません。
ただいまえびギョウザを切らして[1]おります。

G: そうなの？これが食べたくて来たんだけどね……。

S: 申し訳ございません。
あいにく[2]ランチタイムにご注文が多くて…。
よろしければ、蟹蒸しギョウザがございますが、いかがでしょうか。

G: そうか。じゃ、それを一つ。

S: 蟹蒸しギョウザ一つでございますね。
ありがとうございます。

---

[1] 切らす：用光；賣光
[2] あいにく：副詞，不巧……。

〜 切らしております

例 えびギョウザ
⇨ <u>えびギョウザ</u>は切らしております。

- 北京ダック
- マンゴーかき氷
- ティラミス ①
- 5千円札

豆知識

🅖 何がおいしいですか。什麼好吃呢？

🅢 おすすめは 〜 です。推薦〜。

- 豚の角煮　紅燒豬肉
- 台湾風エビマヨ　鳳梨蝦球
- 客家風イカ炒め　客家小炒
- カニ肉入り豆腐のうま煮　蟹粉豆腐
- 酢豚　糖醋排骨
- 茹で鶏　白斬雞
- とろみスープ　羹湯
- 焼き物（アヒルのロースト／鶏のロースト／チャーシュー）　燒臘（燒鴨／燒雞／叉燒）

① 「ティラミス」提拉米蘇
「マンゴーかき氷」芒果冰

会話 3 　一般的でない食材を使っている場合　　用特殊食材的料理

G：これは何の料理ですか。

S：こちらは湯葉巻きでございます。湯葉でエビ餡を巻いて油であげたものでございます。

G：これは？

S：それはヘチマショウロンポウでございます。ヘチマとエビ入りでございます。

G：「he-chi-ma」ですか。

S：はい、さようでございます。ヘチマの漢字は「糸瓜」で、甘みがあっておいしいですよ。

G：へえ～、じゃ、食べてみようかな。

S：ぜひ一度召し上がってください。

～を～で（に） V もの

例 鶏肉・ごま油で・炒める
⇨ 鶏肉をごま油で炒めたものです。

- ゴーヤー・醤油で・煮込む

- きゅうりとわかめ・お酢で・和える

- 鶏肉・お酒に・漬ける

豆知識

○○○ は大丈夫ですか

特殊的辛香料，或是料理，並不是每個人都能接受，點餐時如果事先提醒詢問客人「～は大丈夫ですか」（可以吃～？），就可以做到更完善的服務。

下面的單字可以套入練習。

- 台湾セロリ　台灣芹菜
- 台湾バジル　九層塔
- ねぎ　蔥
- しょうが　薑
- ニンニク　蒜
- パクチー　香菜
- 八角　八角
- 薬膳料理　藥膳料理

練習問題

1 絵に最もふさわしい料理単語を下の中から選んで答えなさい。

・焼く　・煮込む　・かける　・揚げる　・茹でる
・和える　・蒸す　・炒める　・漬ける

1 (　　)　2 (　　)　3 (　　)
4 (　　)　5 (　　)　6 (　　)
7 (　　)　8 (　　)　9 (　　)

2 次のa.～e.の言葉を並べ替えて正しい文に直しなさい。

1 a. この　b. います　c. 少しアルコールが　d. 飲み物に　e. 入って

⇨ _____。

2 a. お時間　b. 20分　c. かかります　d. が　e. ほど

⇨ _____。

3 a. よろしい　b. が　c. のみです　d. でしょうか　e. 現金

⇨ _____。

4 a. です b. 鶏肉を c. もの d. ごま油で e. 炒めた

⇨ _____ 。

5 a. で b. は c. ご注文 d. 単品 e. できません

⇨ _____ 。

3 　例のように文を作りなさい。

例　えびギョウザ　⇨　えびギョウザは切らしております 。

1 北京ダック

⇨ _____ 。

2 マンゴーかき氷

⇨ _____ 。

3 ティラミスる

⇨ _____ 。

例　鶏肉・ごま油・炒める　⇨　鶏肉をごま油で炒めたものです 。

4 鶏肉・お酒・漬ける

⇨ _____ 。

5 きゅうりとわかめ・お酢・和える

⇨ _____ 。

4 　以下の日本語を中国語に翻訳しなさい。

1 えびグラタンは調理に20分ほどお時間がかかりますが、よろしいでしょうか。

⇨ _____ 。

2 ゆっくりできないんだけど、何か早くできるものはありませんか。

⇨ _____ 。

3 えびピラフやカレーライスは比較的お早めにお持ちできますが。

⇨ _____ 。

Unit 9 追加オーダーの場合

加點

会話 1 お客様からの追加オーダー　客人追加點菜

G：すいません

S：はい、ただいまお伺いいたします。❶

………（お客のところへ行く）………

S：失礼いたします。❷

G：ホットコーヒーを一つください。

S：ホットコーヒーの追加❸でございますね。
かしこまりました。すぐお持ちいたします。

❶ 客人召喚時，不管有多忙也務必馬上回應。回應時可說「ただいまお伺いします」、「はい、ただいま（まいります）」（馬上來）。儘量不要回客人「少々お待ちください」、「ちょっとお待ちください」（請稍等）。客人一聽到「等」，就會覺得還要等更久，使用積極的語詞，可以讓客人用餐更為愉快。

❷ 如果走到客人座位花了一點時間，則勿忘說聲「お待たせいたしました」（讓您久等了）。

❸ 「追加」、「おかわり」都可以表達出「再來一份」的意思，但是需不需要加費用，侍者要說明清楚。一般而言，「追加」給人的印象是要加費用的。

81

会話 2 スタッフが飲み物の追加をすすめる場合

侍者詢問是否要追加飲品

S: お味はいかがですか。

G: ええ、とてもおいしかったです。

S: ビールのおかわりをお持ちいたしましょうか。

G: じゃあ、もう一杯お願いします。

……（もう一人のお客様に）……

S: ワイン（のほう）はいかがいたしましょうか。

G2: もう結構❶です。お水❷をお願いします。

S: かしこまりました。グラスをお下げいたします。

……（空いているグラスを下げる）……

失礼いたします。

---

❶ 「不用了」的意思。

❷ 在日式餐廳裡，「お水」也可以説成「おひや」。

ただいま ～

例 お伺いいたします
⇨ ただいまお伺いいたします。

- お持ちいたします
- ご確認いたします
- 店長をお呼びいたします
- お席をご用意いたします

～ をお持ちいたしましょうか [1]

例 ワインのおかわり
⇨ ワインのおかわりをお持ちいたしましょうか。

- おしぼり
- お水
- ナプキン
- お子様用の取り皿

---

[1] 回答可説「はい、お願いします。」（好，麻煩你）、「いいえ、結構です。」（不，不用了）。

練習問題

1 例のように文を作りなさい。

例 ただいま・伺う ⇨ （　　ただいまお伺いいたします。　）

1 ただいま・持つ

⇨ ＿＿＿＿＿＿＿＿＿＿＿＿＿＿＿＿＿＿＿＿＿＿＿＿＿＿＿＿＿＿

2 ただいま・確認する

⇨ ＿＿＿＿＿＿＿＿＿＿＿＿＿＿＿＿＿＿＿＿＿＿＿＿＿＿＿＿＿＿

3 ただいま・お席を用意する

⇨ ＿＿＿＿＿＿＿＿＿＿＿＿＿＿＿＿＿＿＿＿＿＿＿＿＿＿＿＿＿＿

2 以下の中国語を日本語に翻訳しなさい。

1 G： 不好意思。

　⇨ ＿＿＿＿＿＿＿＿＿＿＿＿＿＿＿＿＿＿＿＿＿＿＿＿＿＿＿＿

　S： 好的，我馬上為您服務。

　⇨ ＿＿＿＿＿＿＿＿＿＿＿＿＿＿＿＿＿＿＿＿＿＿＿＿＿＿＿＿

2 您要再來一杯熱咖啡？好的，馬上送來。

⇨ ＿＿＿＿＿＿＿＿＿＿＿＿＿＿＿＿＿＿＿＿＿＿＿＿＿＿＿＿＿＿

3 我幫您將酒杯端走。

⇨ ＿＿＿＿＿＿＿＿＿＿＿＿＿＿＿＿＿＿＿＿＿＿＿＿＿＿＿＿＿＿

4 我現在就去請店長過來。

⇨ ＿＿＿＿＿＿＿＿＿＿＿＿＿＿＿＿＿＿＿＿＿＿＿＿＿＿＿＿＿＿

5 我為您再上一杯啤酒好嗎？

⇨ ＿＿＿＿＿＿＿＿＿＿＿＿＿＿＿＿＿＿＿＿＿＿＿＿＿＿＿＿＿＿

3 例のように文を作りなさい。

例1 おしぼり（○）

⇨ Q： おしぼりをお持ちいたしましょうか。

　 A： じゃ、お願いします。

例2 おしぼり（×）

⇨ Q： おしぼりをお持ちいたしましょうか。

　 A： いいえ、けっこうです。

1 お水（○）

　 Q：＿＿＿＿＿＿＿＿＿＿＿＿＿＿＿＿＿＿＿＿＿＿

　 A：＿＿＿＿＿＿＿＿＿＿＿＿＿＿＿＿＿＿＿＿＿＿

2 ナプキン（×）

　 Q：＿＿＿＿＿＿＿＿＿＿＿＿＿＿＿＿＿＿＿＿＿＿

　 A：＿＿＿＿＿＿＿＿＿＿＿＿＿＿＿＿＿＿＿＿＿＿

3 お子様用の椅子（×）

　 Q：＿＿＿＿＿＿＿＿＿＿＿＿＿＿＿＿＿＿＿＿＿＿

　 A：＿＿＿＿＿＿＿＿＿＿＿＿＿＿＿＿＿＿＿＿＿＿

4 左の会話文に最もあう会話文を右から選んで線で結びなさい。

1 お味はいかがですか。　　●　　●　a. じゃあ、もう一杯お願いします。

2 ビールのおかわりをお持ち　●　　●　b. かしこまりました。
　　いたしましょうか。

3 お水をお願いします。　　●　　●　c. えー、結構おいしかった。

PART 4 點餐2

Unit 9 加點

85

Unit 10 ラストオーダー

最後點餐時間

049

会話 1 ラストオーダー：注文がある場合

最後點餐時間：要再點餐

S: 失礼いたします。
ラストオーダーのお時間になりましたが、何かご注文はございませんか。

G: もう、そんな時間か。じゃあ、コーヒーを一杯もらおうかな。

S: かしこまりました。コーヒーでございますね。
他にご注文はございませんか。

G: それだけでいいです。

S: かしこまりました。
すぐコーヒーをお持ちいたします。
失礼いたします。

会話 2 ラストオーダー：注文がない場合

最後點餐時間：不再點餐

S: 失礼(しつれい)いたします。
ラストオーダーのお時間(じかん)になりましたが、何(なに)かご注文(ちゅうもん)はございませんか。

G: もう、おなかいっぱい。結構(けっこう)です。

S: かしこまりました。
どうぞごゆっくりお過(す)ごしくださいませ。

何か ～ はございませんか 051

例 ご注文 ⇨ 何かご注文はございませんか。

| ご追加 | ご質問 |

| ご不満 | ご不便なところ |

どうぞごゆっくり お（ご）～ くださいませ 052

例 過ごす（お）
⇨ どうぞごゆっくりお過ごしくださいませ。

| 召し上がる[1]（お） | 選ぶ（お） |

| くつろぐ[2]（お） | 楽しむ[3]（お） |

---

[1]「食べる」「飲む」的尊敬語。
[2]「放鬆」的意思。
[3]「享用」的意思。

練習問題

1　例のように丁寧な表現に変えなさい。

例	質問	⇨	ご質問
1	注文	⇨	
2	時間	⇨	
3	不便	⇨	
4	料理	⇨	
5	不満	⇨	

2　例のように文を作りなさい。

例	選ぶ	⇨	どうぞごゆっくりお選びくださいませ。
1	くつろぐ	⇨	
2	過ごす	⇨	
3	楽しむ	⇨	
4	召し上がる	⇨	

3　次の文を翻訳しなさい。

1 請問您還需要點些什麼嗎？　⇨

2 已經吃得很飽了。　⇨

3 請您慢用。　⇨

4 到了最後點菜的時間了。　⇨

PART 5 料理を出す
上菜

- キーワード
- キーセンテンス
- Unit 11 料理を出す
- Unit 12 食事中

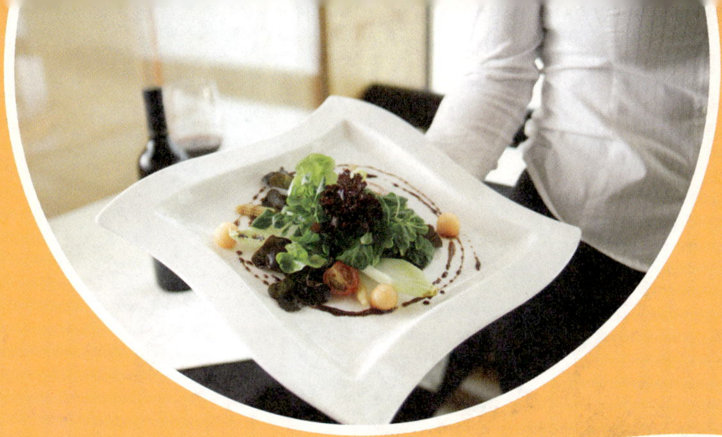

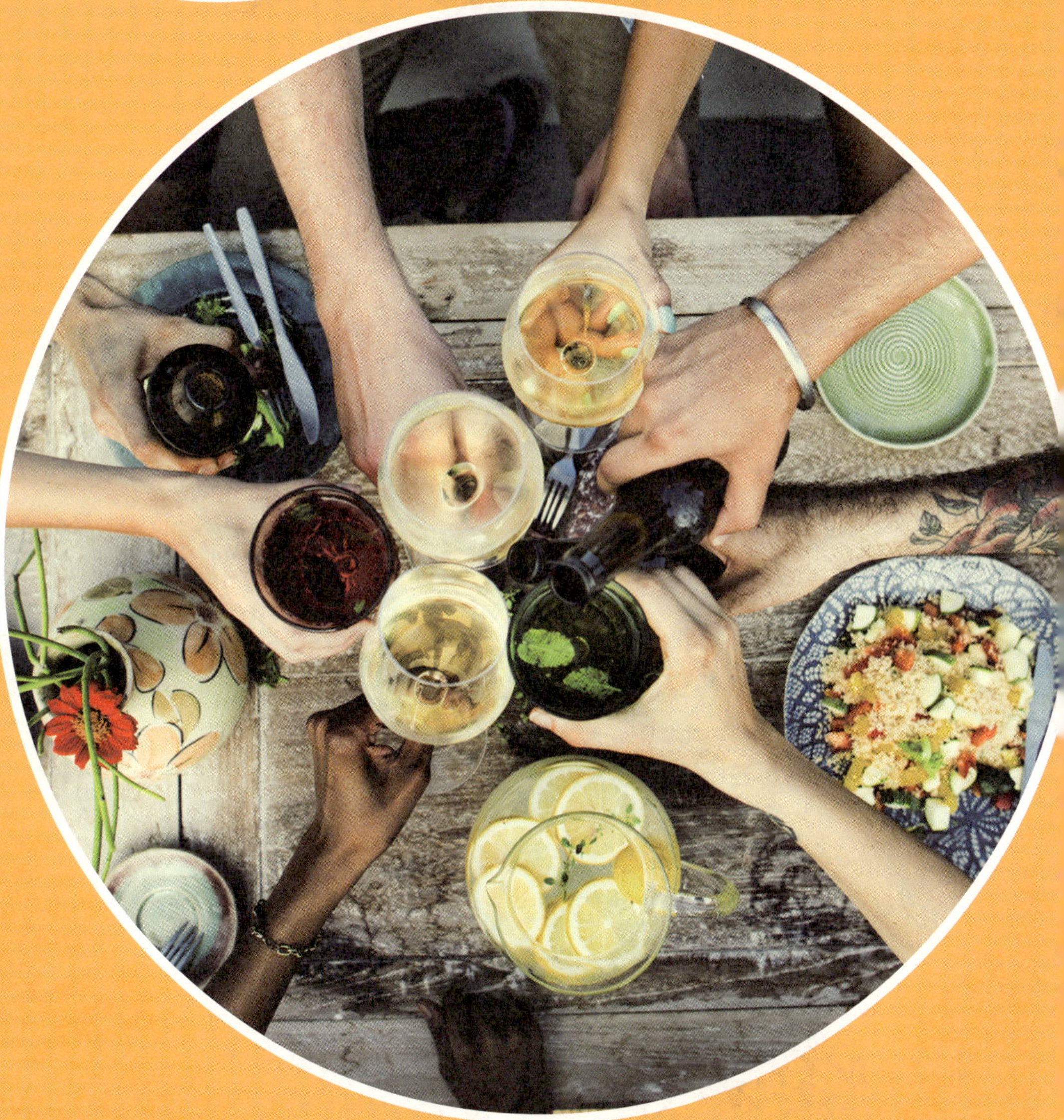

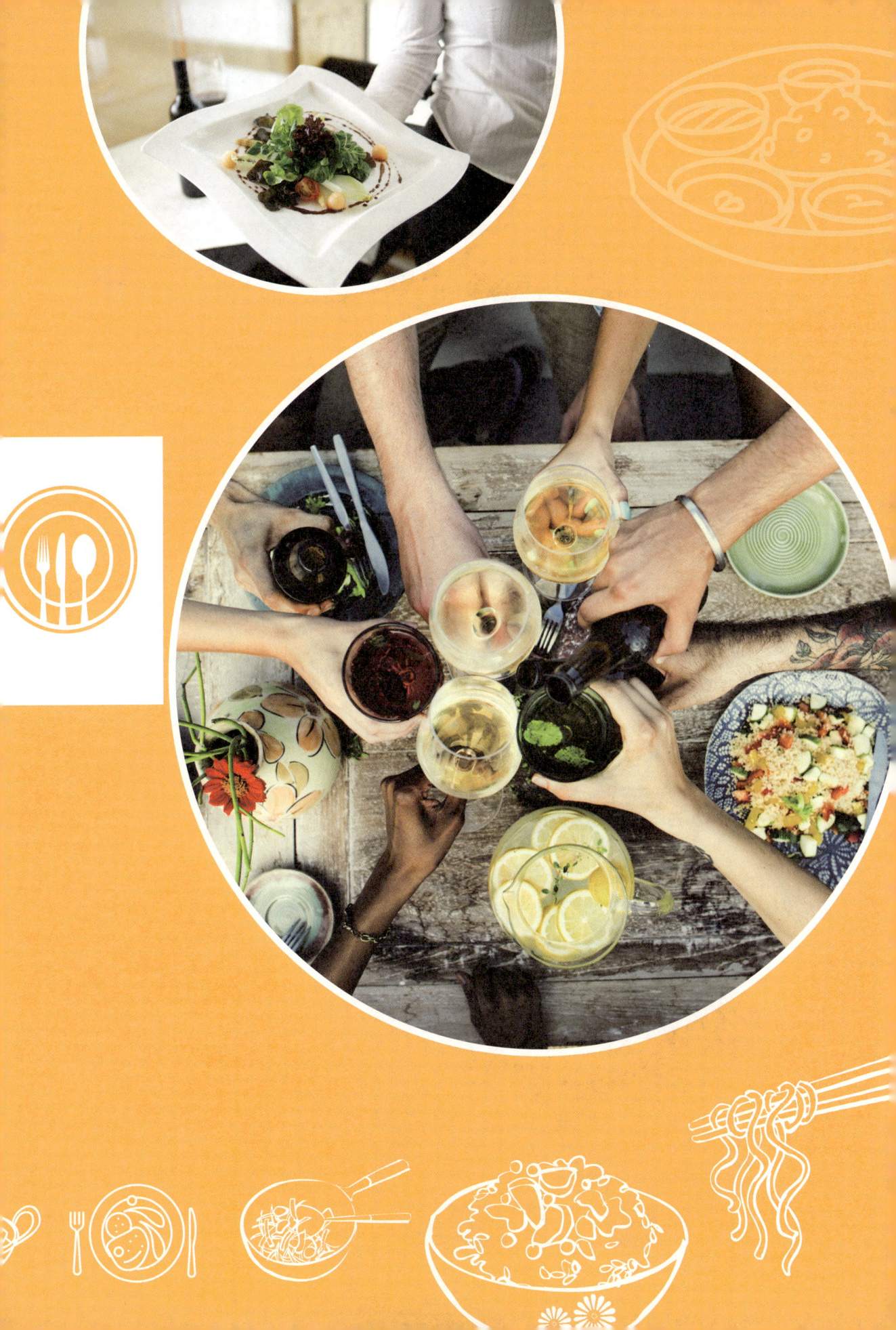

キーワード

| 前菜(ぜんさい) 前菜 | スープ 湯 | サラダ 沙拉 | デザード 甜點 |

| つけ合(あ)わせ 副餐 | メイン 主菜 | おかわり 再一份 | パン 麵包 / ライス 飯 |

| 取(と)り皿(ざら) （分盛料理的）小碟子 | 紙(かみ)ナプキン 紙巾 | プレースマット 餐墊 |

スープを追加(ついか)する
加湯

セルフサービス
自己動手

取(と)り替(か)え
更換

キーセンテンス

054

用餐間用語
- おかわりいかがですか。　您要再來一杯（一碗）嗎？
- お食事はお済みでしょうか。　您吃完了嗎？
- こちらをお下げしてもよろしいでしょうか。
  這個可以收了嗎？
- 料理はそろっていますでしょうか。　餐點都到了嗎？

餐點
- 飲み物は食後でよろしいですか。
  飲料要餐後嗎？
- こちらのタレをつけてお召し上がりください。
  請沾個這個醬享用。
- 火をお付けしますね。
  我幫您點火。

客人的要求
- 取り皿をもう一つお願いします。
  再給我一個盤子。
- 持ち帰りをお願いします。
  我要外帶／打包。
- パクチー抜きでお願いします。
  不要香菜。

93

Unit 11　料理を出す

上菜

会話1　通常の場合　一般情形

S: お待たせいたしました[1]。
蒸し餃子とチャーハンでございます。
ごゆっくりお召し上がりくださいませ。

G: ありがとう。

G2: 酢豚はまだでしょうか。

S: ただいま、調理をしておりますので、もう少々お待ちください。

……（2分後）……

失礼いたします。スープと酢豚でございます。
ご注文の品は以上でよろしいでしょうか。[2]

G: はい。

S: では、ごゆっくりお召し上がりくださいませ。
失礼いたします。

～お召（め）し上（あ）がりくださいませ

例 ごゆっくり
⇨ ごゆっくりお召（め）し上（あ）がりくださいませ。

お早（はや）めに

お気（き）をつけて

熱（あつ）いうちに

冷（さ）めないうちに

PART 5 上菜

Unit 11 上菜

① 如果上菜真的花了較多的時間，可說「大変（たいへん）お待（ま）たせいたしました。」。

② 此時也要同時核對點菜單，確認所點的菜是否全部送上。但若遇到晚送的情形，也務必對客人表示：「ただいま、調理（ちょうり）をしておりますので、もう少々お待（ま）ちください」。

会話2 二人以上のお客様の場合 — 兩位客人以上的情形

S: お待たせいたしました。ラザニアをご注文のお客様は①どちら様でしょうか。

G: はい、私です。

S: 失礼いたします。（ラザニアを置く）器が大変熱くなっておりますので、お気をつけてお召し上がりくださいませ。②

…（和風スパゲッティをもう一人のお客さまに出す）…

S: 失礼いたします。和風スパゲッティでございます。後ほど、コーヒーをお持ちいたします。③
ごゆっくりとお召し上がりくださいませ。

G2: ありがとう！

S: （食後）失礼いたします。コーヒーでございます。
ごゆっくりとお召し上がりくださいませ。
失礼いたします。

～をご注文のお客様は？ 058

例1 ラザニア ⇨ **ラザニア**をご注文のお客様は？

- サーロイン [4]
- フィレ
- イセエビ
- あわび
- 車海老（くるまえび）

例2 フィレ
⇨ **フィレ**をご注文のご客様はどちら様でしょうか。

- 肩ロース（かた）
- リブロース

---

① 「どちら様でしょうか」也可以省略。但是不要省略説成「ラザニアのお客様（きゃくさま）」。

② 原則上是由客人的右手邊上飲料，左手邊上菜。同時可以隨時貼心地提醒客人「ソースはこちらをお使（つか）いください」（您可以搭配這裡的佐料。）

③ 餐後若有飲料，也別忘記跟客人確認，這是為了避免客人認為侍者已經忘記的作法。此外，原則上是同桌的客人餐點要同時上。

④ サーロイン 沙朗　フィレ＝ヒレ 菲力　イセエビ 龍蝦　あわび 鮑魚　車海老（くるまえび）明蝦
　肩ロース（かた）肩里脊　リブロース 腰里脊

練習問題

1 次の単語を日本語で答えなさい。

1 餐墊 ( )	2 甜點 ( )	3 沙拉 ( )
4 主菜 ( )	5 湯 ( )	6 （分盛料理的）小碟子 ( )
7 副菜 ( )	8 前菜 ( )	9 紙巾 ( )

2 並び替え

1 か／こちらを／よろしい／お下げして／でしょう

⇨ _____

2 タレ／こちらの／お召し上がり／つけて／ください／を

⇨ _____

3 します／で／抜き／パクチー／お願い

⇨ _____

4 よろしい／食後／ですか／で／飲み物／は

⇨ _____

3 次の文を翻訳しなさい。

1. 稍後會為您送上咖啡。
⇨ _____

2. 您要再來一杯（一碗）嗎？
⇨ _____

3. 您吃完了嗎？
⇨ _____

4. 我要外帶。
⇨ _____

5. 您所點的全都到齊了嗎？
⇨ _____

4 例のように文を作りなさい。

例 フィレ ⇨ フィレをご注文のご客様はどちら様でしょうか。

1. あわび ⇨ _____

2. 車えび ⇨ _____

3. イセエビ ⇨ _____

Unit 12 食事中

用餐中

会話 1　食事中にサービスをする場合　― 用餐中服務

G：すみません。（ウェーターを呼ぶ）

S：はい、ただいままいります。…お待たせいたしました。何かご用でしょうか。

G：箸を落としてしまったんですが…。

S：はい、すぐ新しいのをお持ちいたします。

G：どうも。

S：どういたしまして。

………（箸を持ってくる）………

S：失礼いたします。どうぞ。

G：ありがとう。

……（取り皿を新しいものに交換する）……

S：失礼いたします。取り皿をお取り替えいたします。

G：どうも。

～をお取り替えいたします 060

例　お皿　⇨　お皿をお取り替えいたします。

- フォーク
- ナイフ
- グラス
- お箸

PART 5 上菜
Unit 12 用餐中

～てしまう 061

例　箸を落とす　⇨　箸を落としてしまいました。

- 間違える
- 忘れる
- 勘違いする

会話 2　食事中に食器を下げる場合

用餐中端下餐具

S：失礼いたします。こちらをお下げしてもよろしいでしょうか。

G：はい。

S：（空いた食器を下げる）失礼いたします。

………（もう一人のお客に）………

S：こちらのお料理は、もうお済みでしょうか。

G2：いいえ、まだです。

S：失礼いたしました。デザートとお飲み物をお持ちしてもよろしいでしょうか。

G：お願いします。

G2：私のは後でお願いします。

S：かしこまりました。

～てもよろしいでしょうか

例 こちらをお下げする
⇨ こちらをお下げしてもよろしいでしょうか。

お皿をお取り替えする

コートをお預かりする

ちょっとお願いする

豆知識

要收餐盤時，請務必跟客人確認，不要隨意就把餐盤收走。收餐盤時要收好，不要發出餐具碰撞的聲音。客人很明顯已用餐完畢時，可以說「こちらをお下げいたします」（我為您把這份餐具收走。）

收餐盤的時機：
1 盤裡雖然只剩下一點菜，但客人似乎未再吃的樣子。
2 吃套餐時，在上下一道菜之前。
3 客人把餐具放在一旁時。
4 客人將叉子或餐刀排放在餐盤上時。
5 客人把餐巾放在桌上時。

練習問題

1 絵を見て例のように文を言いなさい。

例 ⇨ スプーンをお取替えいたします。

1 ⇨

2 ⇨

3 ⇨

4 ⇨

5 ⇨

2 例のように文を作りなさい。

例 忘れる ⇨ 忘れてしまいました。

1 間違える

⇨

2 水をこぼす

⇨

3 勘違いする

⇨ _____

4 箸を落とす

⇨ _____

3 □の中から記号を選び、会話を完成させなさい。

a. かしこまりました　　b. お済みでしょうか　　c. 失礼いたします
d. 失礼いたしました　　e. お下げしてもよろしいでしょうか
f. お持ちしてもよろしいでしょうか

(※ G1、G2： ゲスト　S：レストランスタッフ)

PART 5 上菜
Unit 12 用餐中

S： (1)。こちらを (2)。

G1： はい。

S： (3)。

S： こちらのお料理は、もう (4)。

G2： いいえ、まだです。

S： (5)。デザートとお飲み物を (6)。

G1： お願いします。

G2： 私のは後でお願いします。

S： (7)。

105

PART 6 お会計

結帳

- キーワード
- キーセンテンス
- Unit 13 お会計
- Unit 14 個別会計・領収書
- Unit 15 見送り

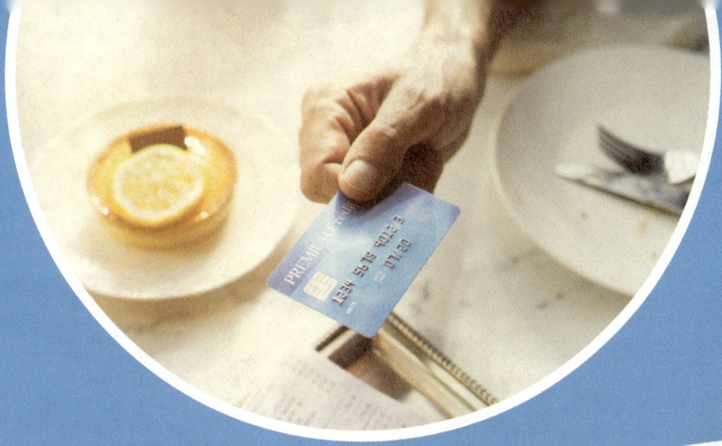

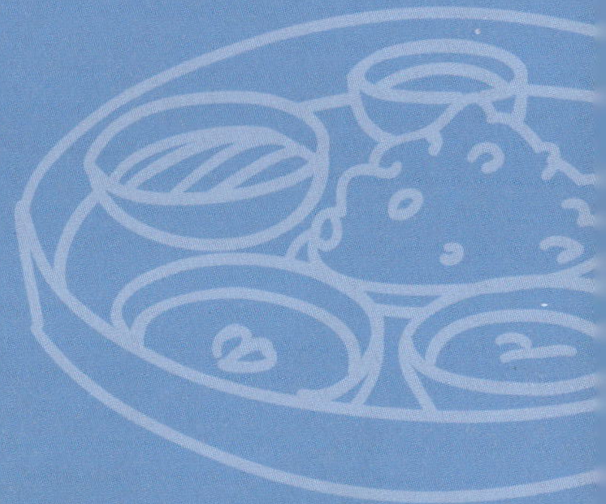

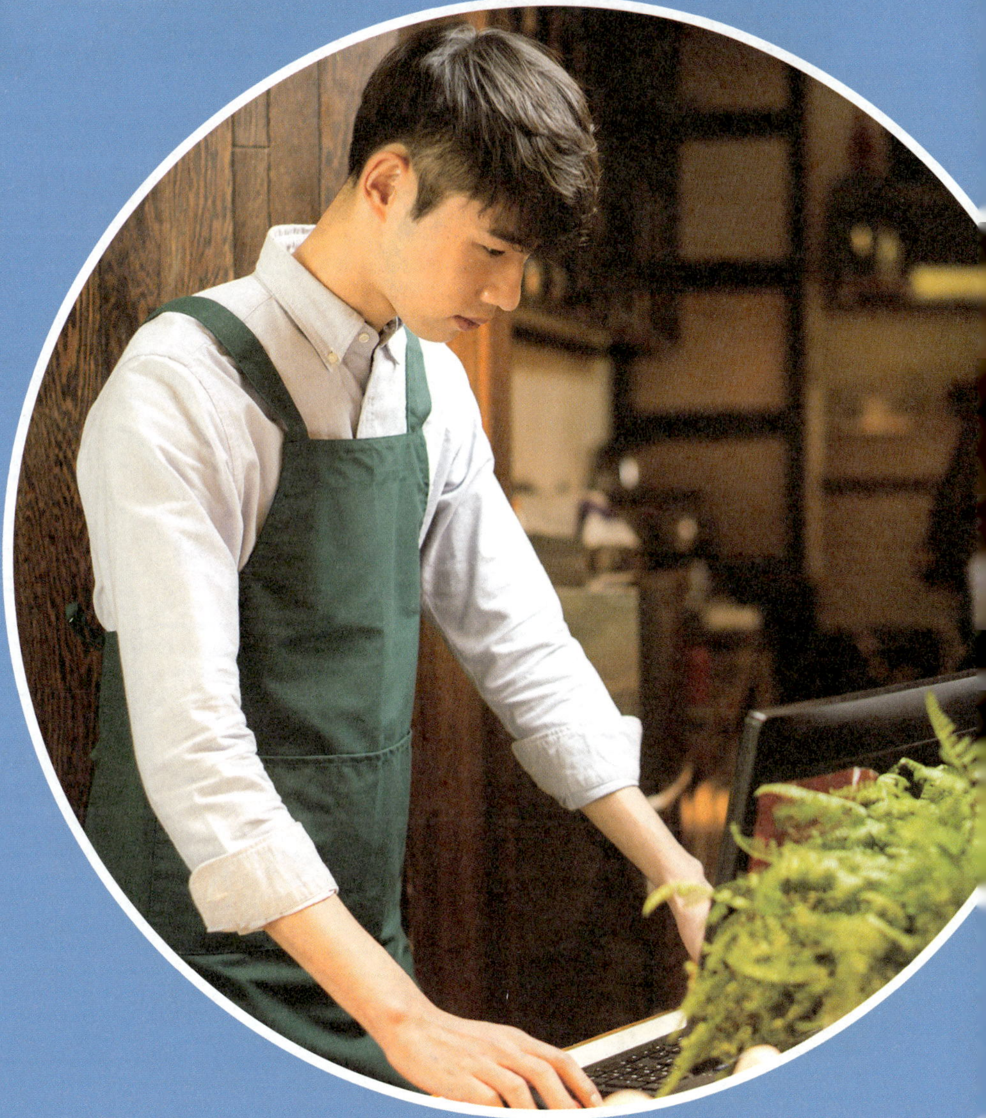

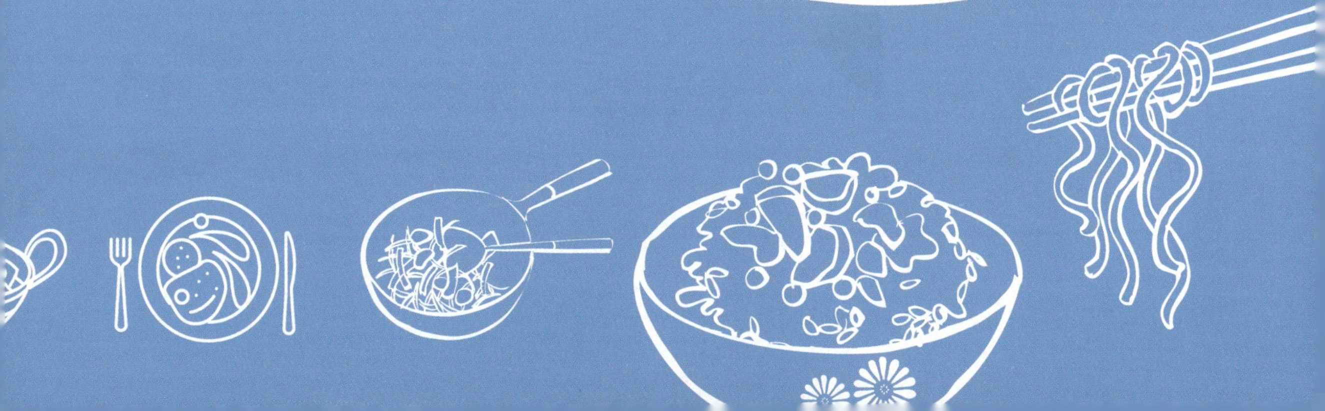

キーワード

レジ　　收銀台	現金(げんきん)　現金	クレジットカード
勘定(かんじょう)する　結帳		信用卡

伝票(でんぴょう)　票證	税込(ぜいこ)み　含稅	但(ただ)し書(が)き　（收據）品項
領収書(りょうしゅうしょ)　收據	サービス料(りょう)　服務費	飲食代(いんしょくだい)　餐費

お釣(つ)り　找回的錢	分割払(ぶんかつばら)い　分期
細(こま)かいお金(かね)　零錢	一括払(いっかつばら)い　一次付

サインする　簽名	別々(べつべつ)で　分開（付）
割(わ)り勘(かん)　（費用）均攤	一緒(いっしょ)で　一起（付）

108

キーセンテンス 🎧 065

結帳
- お会計いたします。　　我為您結帳。
- お会計はご一緒でよろしいでしょうか。　　您要一起付嗎？
- お会計は別々になさいますか。　　您要分開付嗎？

金額
- この額は税込み／サービス料込みでございます。
  這個金額含稅／含服務費。
- お会計は 3,000 円でございます。　　總共是三千日圓。

個別狀況
- こちらでは現金のみのお取り扱いとなります。
  我們只收現金。
- 申し訳ございませんが、クレジットカードはご利用いただけません。
  很抱歉，我們不收信用卡。
- 細かくなりますが、失礼します。
  不好意思，我們只有零錢。

送客
- 本日はご来店いただき、ありがとうございました。
  感謝今日光臨本店。

客人用語
- お会計は別々で／一緒でお願いします。
  麻煩你，分開結／一起算。
- 個別会計できますか。　　可以分開結嗎？

109

Unit 13 お会計

結帳

会話1　通常の場合　一般情形

………（伝票をお客様から受け取る）………

S: お会計は3,600元でございます。

G: 3,600元ね。はい、じゃあ、これでお願いします。
（千元札を4枚渡す）

S: ありがとうございます。4千元お預かりいたします。

……（レジを打つ）……

S: お待たせいたしました。400元のお返しでございます。
（お客様におつりとレシートを渡す）

G: はい。ありがとう。

S: ありがとうございました。①またどうぞお越しくださいませ。

---

① 客人將零錢放進皮包後，才對客人說「ありがとうございました。」，比較不會帶給客人催促感。

～元お預かりいたします

例　1万元　⇨　**1万元**お預かりいたします。

5,000元

1,500元

1,000元

豆知識

・ ○○円ちょうどいただきます
・ ○○円お預かりいたします

如果客人拿出的錢剛好是結帳的金額，則對客人說「○○元ちょうどいただきます」（收您剛好○○元）。此時，因為不需找零，所以遞收據發票給客人時，可對客人說「レシートでございます」（給您收據。）

如果需要找錢的話，則對客人說「○○元お預かりいたします」，找錢時則說「○○元のお返しでございます」或是「○○元お返しいたします」。

会話 2　クレジットカード　　信用卡

S：お会計させていただきます。

G：カードでお願いします。

S：かしこまりました。カードをお預かりいたします。①

……（伝票を入力し、合計金額をお客様に伝える）……

S：お会計が 5,500 元でございます。

……（売上票を出し、お客様にサインさせる）……

こちらにサインをお願いいたします。②

G：ええ。（お客様がサインする。）

S：大変お待たせいたしました。
カードとお控え③でございます。
ご確認くださいませ。

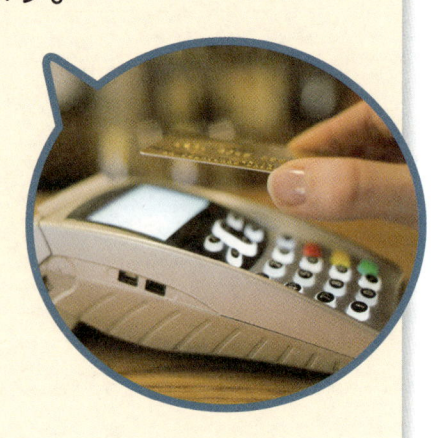

---

① 收取客人的信用卡時，請留意下列事項：
1. 客人的信用卡是不是本店受理的信用卡。
2. 客人的信用卡是否超過使用期限。
3. 該張信用卡上是否有客人的簽名。

② 為了讓客人方便簽名，簽帳單要正面朝客人遞出，筆也是以客人方便的角度遞出。服務人員也可用手指指出簽帳單上需簽名欄的位置，讓客人容易了解。

③ 「控え」：副本；存根。「レシート」：收據，一般指的是收銀機打出來的單據。同「領収書」。

〜をお願いいたします

例1 サイン ⇨ <mark>サイン</mark>をお願いいたします。

> ご確認

> ご協力

> ご記入

例2 こちらにサイン
⇨ 恐れ入りますが、<mark>こちらにサイン</mark>をお願いいたします。

> お名前のご記入

> お電話番号のご記入

PART 6 結帳

Unit 13 結帳

練習問題

1 次の単語を日本語で答えなさい。

1 収據	2 簽名	3 信用卡
( )	( )	( )
4 服務費	5 票證	6 分開
( )	( )	( )
7 找回的錢	8 收銀台	9 零錢
( )	( )	( )
10 （費用）均攤	11 （收據）品項	12 含稅
( )	( )	( )

2 メニューを見て、例のように会話文を作りなさい。

アイスコーヒー	……	200元	スパゲッティ	……	300元
ホットコーヒー	……	150元	サラダ	……	280元
紅茶	……	180元	オムライス	……	400元
ミルク	……	250元	ケーキ	……	100元

例 注文：ケーキ1つ（客は500元を渡す）

S：（　お会計は100元でございます。　）

G：これでお願いします。

S：ありがとうございます。（500元）お預かりいたします。……………

S：（　400元のお返しでございます。　）

1 注文：紅茶1つ（客は200元を渡す）

S：＿＿＿＿＿＿＿＿＿＿＿＿＿＿＿＿＿＿＿＿＿＿＿＿＿＿＿＿＿＿

G： これでお願いします。

S： ありがとうございます。（　　　）お預かりいたします。………

S：＿＿＿＿＿＿＿＿＿＿＿＿＿＿＿＿＿＿＿＿＿＿＿＿＿＿＿＿＿＿

2 注文：アイスコーヒー1つとミルク1つ（客は500元を渡す）

S：＿＿＿＿＿＿＿＿＿＿＿＿＿＿＿＿＿＿＿＿＿＿＿＿＿＿＿＿＿＿

G： これでお願いします。

S： ありがとうございます。（　　　）お預かりいたします。………

S：＿＿＿＿＿＿＿＿＿＿＿＿＿＿＿＿＿＿＿＿＿＿＿＿＿＿＿＿＿＿

3 注文：オムライス1つとサラダ1つ（客は1000元を渡す）

S：＿＿＿＿＿＿＿＿＿＿＿＿＿＿＿＿＿＿＿＿＿＿＿＿＿＿＿＿＿＿

G： これでお願いします。

S： ありがとうございます。（　　　）お預かりいたします。………

S：＿＿＿＿＿＿＿＿＿＿＿＿＿＿＿＿＿＿＿＿＿＿＿＿＿＿＿＿＿＿

3　次の文を翻訳しなさい。

1 感謝今日光臨本店。　⇨ ＿＿＿＿＿＿＿＿＿＿＿＿＿＿＿＿＿＿

2 您要一起付嗎？　⇨ ＿＿＿＿＿＿＿＿＿＿＿＿＿＿＿＿＿＿

3 可以分開結嗎？　⇨ ＿＿＿＿＿＿＿＿＿＿＿＿＿＿＿＿＿＿

4 不好意思，我們只有零錢。

⇨ ＿＿＿＿＿＿＿＿＿＿＿＿＿＿＿＿＿＿＿＿＿＿＿＿＿＿＿＿

5 很抱歉，我們不收信用卡。

⇨ ＿＿＿＿＿＿＿＿＿＿＿＿＿＿＿＿＿＿＿＿＿＿＿＿＿＿＿＿

PART 6 結帳

Unit 13 結帳

Unit 14 個別会計・領収書

個別付帳・開立收據

会話 1　個別会計

客人希望個別結帳

G: あの、お会計は別々でお願いします。

S: かしこまりました。それでは、日替わりセットをご注文のお客様は、お会計が 1,050 元でございます。

G: はい、お願いします。（お金を渡す）

S: ありがとうございます。1,050 元ちょうどいただきます。レシートでございます。

G: どうも。

S: お待たせいたしました。パスタセットをご注文のお客様は、お会計が 1,280 元でございます。

G2: はい。（お金を渡す）

S: 恐れ入ります。2,000 元お預かりいたします。

……（レジを打つ）……

S: お待たせいたしました。720 元[1] お返しいたします。お確かめくださいませ。

---

[1] 找零散的錢給客人時，可以發出聲音數鈔票，或將找零的紙鈔一張張數給客人看，這樣才不會造成客人點錢的困擾。

お会計を〜で

071

例 別々
⇨ お会計を別々でお願いしたいんですが……。

- 現金
- ドル
- カード
- 日本円

PART 6 結帳
Unit 14 個別付帳・開立收據

〜元お返しいたします

072

例 20元 ⇨ 20元お返しいたします。

- 120元
- 350元
- 672元
- 854元

会話 2　個別会計できない場合 — 無法個別付款

073

> G: あの、お会計を別々でお願いしたいんですが……。

> S: 申し訳ございません。
> ご来店のグループごとのお会計となっております。
> 別々の会計はできかねます。❶
> お会計はご一緒でよろしいでしょうか。

> G: そうですか。じゃあ、それでいいです。

> S: 恐れ入ります。

---

❶ 「Ｖ－ます＋かねます」表示「難以～；無法～；不能～」。

～かねます 〈074〉

例　できる　⇨　でき**かねます**。

- いたす[1]
- わかる
- 応（おう）じる
- お受（う）けできる

～はご遠慮ください[2] 〈075〉

例　個別会計（こべつかいけい）[3]　⇨　**個別会計**はご遠慮ください。

- 飲食物（いんしょくぶつ）のお持（も）ち込（こ）み
- お持（も）ち帰（かえ）り
- 単品（たんぴん）でのご注文（ちゅうもん）
- サイドメニューのみのご注文（ちゅうもん）

---

[1] 「いたす」是「する」謙譲語。
[2] 也可以用「～遠慮ください」來拒絕對方。
[3] 飲食物の持ち込み（帶外食〔進餐廳〕）；持ち帰り（外帶）；単品でのご注文（單點）；サイドメニューのみのご注文（只點副餐）

PART 6 結帳
Unit 14 個別付帳・開立收據

会話3 領収書を求められた場合　開立收據

- S: お会計はサービス料込みで3,940元でございます。
- G: あのう、領収書をお願いしたいんですが……。
- S: かしこまりました。宛名はいかがいたしましょうか。
- G: 藤山株式会社でお願いします。これ、名刺です。
- S: 但し書きはいかがいたしましょうか。
- G: 飲食代でお願いします。
- S: かしこまりました。

....

お待たせいたしました。
領収書でございます。

～ 込み

例　サービス料　⇨　**サービス料込みでございます。**

- 税
- 送料
- 消費税
- 入館料

～ をお願いしたいんですが…。

例　領収書　⇨　**領収書をお願いしたいんですが。**

- お会計
- タクシー
- 日本に宅配

練習問題

1 読み方をひらがなで答えなさい。

1 別々	2 日替わり	3 一括
( )	( )	( )
4 飲食	5 但し書き	6 伝票
( )	( )	( )
7 来店	8 恐れ入る	9 本日
( )	( )	( )

2 絵を見て例のように言いなさい。

例 現金 ⇨ お会計を現金でお願いしたいんですが。

1 カード ⇨

2 日本円 ⇨

3 ドル ⇨

3 例のように言いなさい。

例 サイドメニューのみのご注文
⇨ サイドメニューのみのご注文はご遠慮ください。

1 食べ物の持ち込み
⇨

2 単品でのご注文
⇨

3 お持ち帰り
⇨

4　例のように文を作りなさい。

例　できる　⇨　できかねます

1. 断る　⇨　_____
2. わかる　⇨　_____
3. 応じる　⇨　_____

5　（　）に入れる言葉を□の中から選び、会話を完成させなさい。

> 宛名　　飲食代　　お会計　　但し書き　　領収書

S：（ 1 　　　　　）はサービス料込みで3,940元でございます。

G：あのう、（ 2 　　　　　）をお願いしたいんですが……。

S：かしこまりました。（ 3 　　　　　）はいかがいたしましょうか。

G：藤山株式会社でお願いします。

S：（ 4 　　　　　）はいかがいたしましょうか。

G：（ 5 　　　　　）でお願いします。

S：かしこまりました。お待たせいたしました。

6　並び替え

1. グループ／ご来店の／ごとの／お会計／おります／となって

⇨ _____

2. か／は／お会計／よろしい／一緒で／でしょう

⇨ _____

3. セット／日替わり／を／お客様／ご注文の

⇨ _____

Unit 15 　見送り

送客

(079)

会話 1　お見送り　　在客人座位前送客

（お客が帰る素振りをする）[1]

S：今日のお料理、お口に合いましたでしょうか。

G：どれもおいしかったですよ。

S：ありがとうございます。お忘れ物はございませんでしょうか。

………（忘れ物がないか一緒に確認しながら言う）………

G：あっ、傘を忘れました。

S：取ってまいりますので、少しお待ちください。

………（傘を取りに行く）………

S：お待たせいたしました。こちらでよろしいでしょうか。

G：はい。ありがとう。

S：どういたしまして。またのご来店をお待ちしております。お気をつけてお帰りくださいませ。

---

[1] 「素振り」：樣子；態度。客人起身要離開時，服務人員可替客人拉椅子，或是協助客人穿上外套，遞上隨身物品。如果兩手騰不出空時，也要對客人說聲「ありがとうございます」。客人離去後，服務人員可以開始收拾餐具清理桌面，準備迎接下一位客人。千萬不要在客人尚未離去時，就開始收拾餐具，好像要把客人攆走似的。

豆知識

「**お待**たせいたしました」是「お待たせしました」更禮貌的用語。如果你是服務業的從業人員，要隨時注意使用有禮貌的表達方式。像是「はい、そうです」就要改成「はい、さようでございます」。在送客的情境中，常見的禮貌的表達方式還有：

- ○○さん
  ⇨「○○さま」
- 客
  ⇨「お客様」
- すみません
  ⇨「申し訳ございません」／「恐れ入ります」
- ちょっと待ってください
  ⇨「少々お待ちくださいませ」
- はい、そうします
  ⇨「はい、そうさせていただきます」
- はい、わかりました
  ⇨「はい、かしこまりました」
- はい、今持って来ます
  ⇨「はい、ただいまお持ちいたします」
- そこにかけてお待ちください
  ⇨「そちらにおかけになりお待ちくださいませ」

練習問題

1 絵を見て例のように言いなさい。

例	宅配	⇨	宅配をお願いしたいんですが。
1	お会計	⇨	
2	タクシー	⇨	
3	領収書	⇨	
4	注文	⇨	
5	持ち帰り	⇨	

2 （ ）の部分を並べ替え、正しい文に直しなさい。

1 今日 (合いました / の / は / に / お料理 / お口) でしょうか。

⇨

2 (は / ございません / お忘れ物 / ません) でしょうか。

⇨

3 (お待ち / まいります / 取って / ので / 少し) ください。

⇨

4 またの (お待ち / を / おります / して / ご来店)。

⇨

3 例のように丁寧な表現に変えなさい。

例	お客さん	⇨	お客様
1	すみません	⇨	
2	ちょっと待ってください	⇨	
3	はい、わかりました	⇨	
4	今もって来ます	⇨	

PART 6 結帳

Unit 15 送客

PART 7

クレーム処理
客訴處理

- キーワード
- キーセンテンス
- Unit 16 料理を出すとき
- Unit 17 食事中
- Unit 18 味について

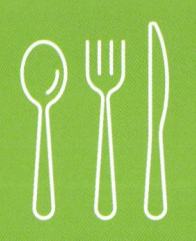

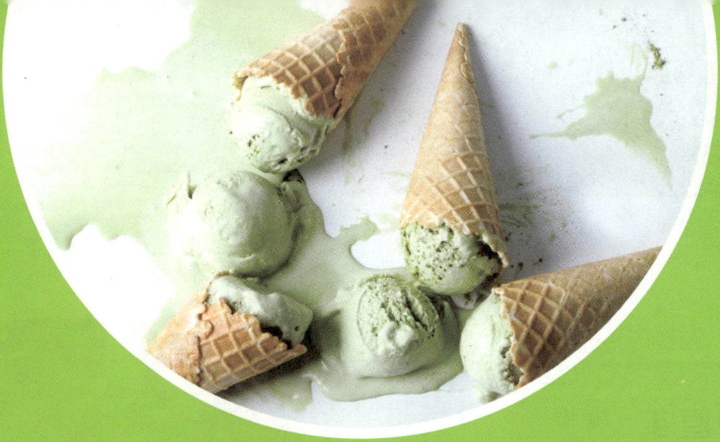

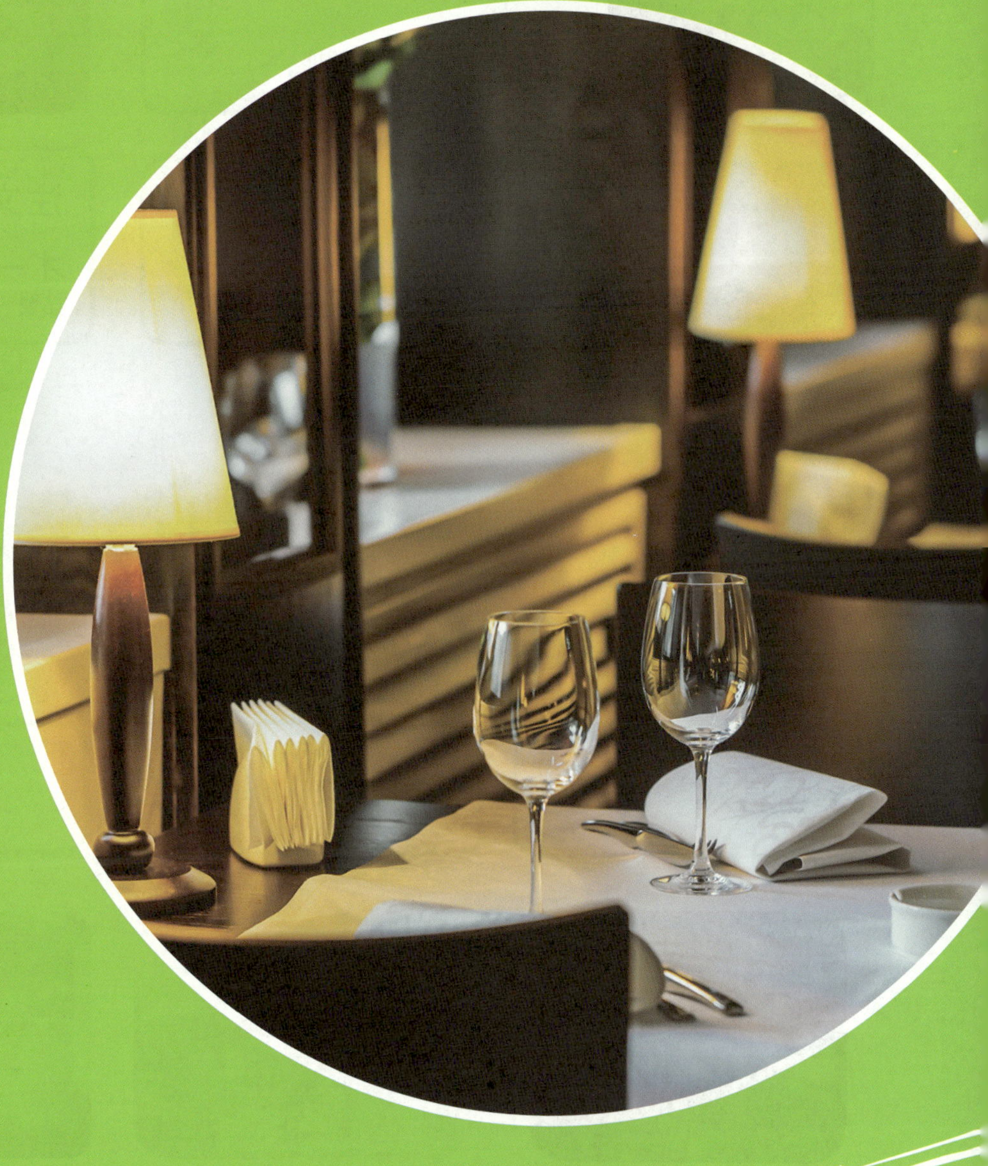

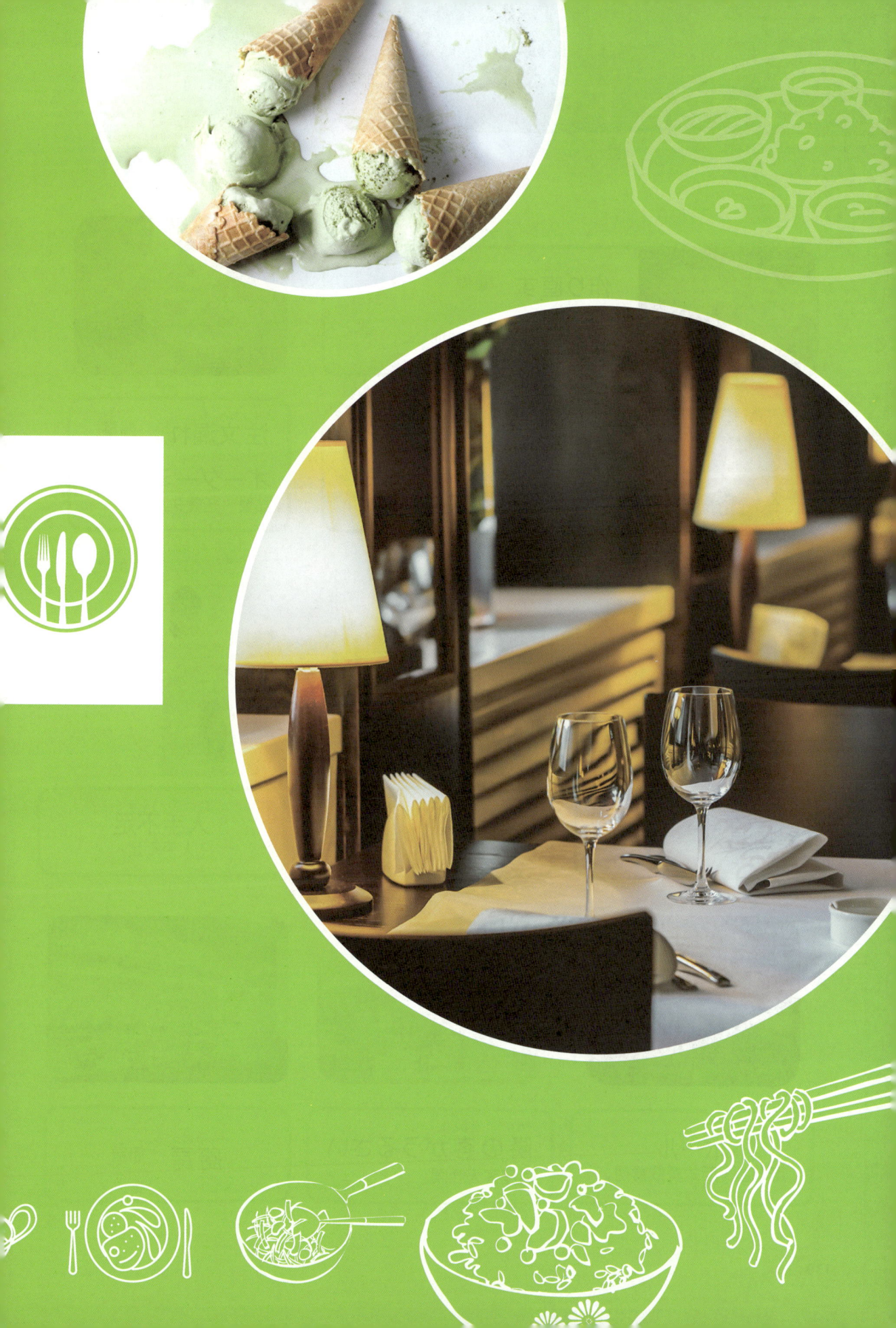

キーワード

作り直す　重做

取り替える　替換

取り消す　取消

お金を払い戻す　退回金錢

注文漏れ　漏單

オーダーミス
點餐、送餐失誤

異物混入　異物混入

会計ミス　結帳失誤

人手不足　人手不足

ホール
用餐區（西式餐飲業裡）

隣の客がうるさい
隣座客人吵鬧

厨房　厨房

キーセンテンス 🎧 081

補救措施

- すぐ別_{べつ}のもの・新_{あたら}しいものをお持_もちいたします。
  馬上送來別的餐點／新的餐點。

- すぐ代_かわりのもの・新_{あたら}しいものを作_{つく}ります。
  馬上重作替換的餐點／新的餐點。

- マネージャーを呼_よんで参_{まい}ります。　　我去請經理過來。

- 失礼_{しつれい}しました。すぐに交換_{こうかん}させていただきます。
  很抱歉,馬上為您更換。

客人抱怨

- Aセットを頼_{たの}んだんですけど、まだですか？
  我點了A套餐還沒好嗎？

- 私_{わたし}の料理_{りょうり}はまだですか。みんなの食事_{しょくじ}が済_すんでしまいそうなのですが。　我的餐點還沒好嗎？大家都快吃完了。

- 申_{もう}し訳_{わけ}ないが、責任者_{せきにんしゃ}を呼_よんでくれ！
  抱歉,叫你們負責人過來！

味道方面的抱怨

- このスープは冷_さめてしまっているよ。　這個湯冷掉了。

- この味_{あじ}は変_{へん}です。　這個味道怪怪的。

- このビールは気_きがぬけてしまっている。
  這個啤酒已經沒氣了。

- このお水_{みず}は生_{なま}ぬるいんです。　這個水不冰。

- このサラダはいたんでいる。　這個沙拉已經壞掉了。

131

Unit 16 料理を出すとき

出菜的時候

会話1 料理が遅い　上菜太慢

G: すいません、注文したものがまだ来てないんですが…。

S: 申し訳ございません。どちらの料理がまだ来ておりませんでしょうか。

G: エビ餃子です。

S: 申し訳ございません。❶ ただいま確認してまいりますので、少々お待ちください。

………（厨房へ確認に行く）………

S: 申し訳ございません。ただいま大変込み合って❷おりまして、お料理の出来上がりに少々お時間がかかっております。
まもなく❸お持ちできますので、もうしばらくお待ちくださいませ。

G: じゃ、急いでくれるように、お願いします。

～てまいります

例1 確認する ⇨ 確認してまいります

- 交換する
- 準備する
- 持つ

例2 確認する
⇨ ただいま確認してまいりますので、もう少々お待ちくださいませ。

- 交換する
- 準備する
- 持つ

PART 7 客訴處理

Unit 16 出菜的時候

1. 若菜上得太慢，服務人員首先應向客人致歉，即使事先就跟客人說明該道菜會多花一點時間準備也一樣，因為對客人來說，總是感覺等了好久。跟客人道過歉後，服務人員應立即走向廚房確認尚未出菜的原因以及所需時間，以便向客人說明。
2. 「込み合う」：擁擠
3. 「まもなく」：不久；一會兒；馬上。

会話2 オーダーミスの場合　　上錯菜

G：すみません、これ、頼んでいませんが……。

S：さようでございますか。申し訳ございません。確認いたしますので少々お待ちください。

………（お客の注文を確認する）❶………

G：私はショウロンポウを注文したんですけど、これ違いますよね？

S：申し訳ございませんでした。すぐにショウロンポウをお持ちいたしますので、しばらくお待ちくださいませ。

G：あと、さっきお水も頼んだんですけど…。

S：大変申し訳ございません。ただいまお持ちいたします。

❶ 如果菜沒有送錯，應「理直氣和」地跟客人說明，要注意語氣不可粗暴不耐煩。

～をお持ちいたします

例1 ショウロンポウ
⇨ ショウロンポウをお持ちいたします。

- 飲み物
- デザート 
- 注文の品
- おしぼり
- つまようじ

例2 ショウロンポウ
⇨ すぐにショウロンポウをお持ちいたします。

- 飲み物
- デザート
- メニュー
- 新しいお皿

PART 7 客訴處理

Unit 16 出菜的時候

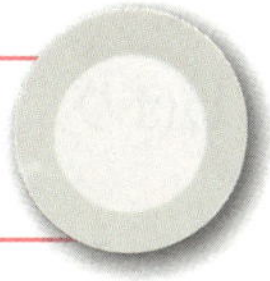

練習問題

1 次の単語を日本語で答えなさい。

1 （西式餐飲業裡）用餐區	2 替換	3 重做
(　　　　　)	(　　　　　)	(　　　　　)
4 退回金錢	5 點餐失誤	6 取消
(　　　　　)	(　　　　　)	(　　　　　)

2 例のように文を作りなさい。

例 確認する ⇨ すぐに確認してまいります。

1. 準備する ⇨ 　
2. 持つ ⇨ 　
3. 聞く ⇨ 　
4. 作る ⇨ 　
5. 交換する ⇨ 　

3 例のように文を作りなさい。

例 ショウロンポウ ⇨ ショウロンポウをお持ちいたします。

1. 注文の品 ⇨ 　
2. おしぼり ⇨ 　
3. つまようじ ⇨ 　
4. デザート ⇨ 　
5. メニュー ⇨

4 □から適当な言葉を選んでクレームを言いなさい。
（言葉は１回しか使えない）

> 冷めて　　いたんで　　変　　ぬるい　　ぬけて

1. このサラダは（　　　　）います。
2. このお水は生（　　　　）です。
3. このビールは気が（　　　　）います。
4. このスープは（　　　　）います。
5. これは味が（　　　　）です。

5 次の文を翻訳しなさい。

1. 我點了Ａ套餐，還沒好嗎？
⇨ _____

2. 馬上送上新的（餐點）。
⇨ _____

3. 馬上為您更換。
⇨ _____

4. 我去請經理過來。
⇨ _____

6 並び替え

1. が／もの／注文した／来てない／まだ／んです
⇨ _____

2. おります／大変／ただいま／込み合って
⇨ _____

3. （しばらく／もう／お持ち／まもなく／できます／ので）お待ちくださいませ
⇨ _____

Unit 17 食事中

用餐時

会話 1 　飲食物をこぼした場合 ── 打翻飲料

……（スタッフがお客の衣類にジュースをこぼした）……

G： わぁー。

S： 大変申し訳ございません。すぐにおしぼりをお持ちいたします。

………（おしぼりをお客様に渡す）………

S： 大変申し訳ございませんでした。お洋服のほうは大丈夫でしょうか。❶

G： 大丈夫です…。気をつけてね。

………（店長がお客様の所へ）………

S2： 大変申し訳ございませんでした。先ほどは、係の者が粗相❷をいたしまして、誠に申し訳ございませんでした。

G： ちょっとだけなので、気にしないでください。

---

❶ 服務人員對客人說句「大丈夫でしょうか」（請問您還好嗎？），可以軟化客人對此事的不滿。此外，若弄髒的部分很難處理，餐廳則應提出道歉的補償措施。

❷ 「粗相」：疏忽。

～のほうは大丈夫でしょうか [1]

例　お洋服　⇨　お洋服のほうは大丈夫でしょうか。

| 手 | 靴 | 足 |

豆知識

不管是打翻飲料或食物，迅速應對採取措施是很重要的。此外，在替客人清理弄髒的衣物時也要特別小心，若是女性表示要自行清理弄髒的部位，服務人員則應尊重她，切勿自行判斷處理、以免造成客人的不悅。

此外，道歉的補償措施，還有像是：

- クリーニング代を負担させていただきます。
  （衣服清洗費，就容我們支付。）
- 今回のお代は、お支払いいただかなくても結構です。
  （這次就請您不必支付費用。）

如果是送上「サービス券」（免費券）、「ドリンク券」（飲料券）、「割引券」（折價券）之類的向客人道歉的話，記得在遞上東西時，同時向對方說「こころばかりですが、どうかお納めください。」（一點心意，請您收下。）

[1]「～還好嗎？」的意思。

PART 7 客訴處理
Unit 17 用餐時

会話2 料理の中に異物が入っていた場合

食物中發現異物

G: ねえ、ちょっと、これ。
……（スープの中に入っている異物を指す）……

S: あっ、誠に申し訳ございません。
今すぐに新しいものをお作りいたしますので、しばらくお待ちいただけますでしょうか。

G: もういいよ。

S: 申し訳ございません。本日のお料理はサービスさせていただきます。今後このようなことがないよう十分気を付けます。誠に失礼いたしました。

～ので

例 新しいものを作る
⇨ <mark>新しいものをお作りいたしますので</mark>、しばらくお待ちいただけますでしょうか。

- 席を準備する
- 確認する
- 調べる
- 店長を呼ぶ

豆知識

當食物裡有異物時，用「～に～が入っています。」表示「～裡有～」，如：
- サラダに虫が入っている。（沙拉裡有蟲）
- スープに髪の毛が入っている。（湯裡有頭髮）

下列是常見的異物：

- 虫類（ゴキブリ…）　各式蟲類（蟑螂…）
- 金属片（金属たわしの破片…）　金屬片（金屬刷的碎片）
- ビニール（ラップの切れ端…）　塑膠（保鮮膜的碎片）
- 髪の毛　頭髮
- 紙　紙
- 輪ゴム　橡皮圈
- 卵の殻　蛋殼
- 人の爪　人的指甲
- 絆創膏　OK 繃

PART 7 客訴處理
Unit 17 用餐時

会話3　欠けているグラスをお客様に指摘された場合

客人抱怨玻璃杯有缺口

G: ちょっと、このグラス欠けてるよ。

S: 大変申し訳ございません。
お客様、お怪我はありませんでしたか。 ①

G: ないけど、危ないよ。

S: 大変失礼いたしました。
ただいま新しいグラスとお取り替えいたします。

G: 気を付けてね。

S: 申し訳ございませんでした。
今後、十分に注意いたします。

① 即使服務人員發現客人並未因而受傷，也記得要問一聲「お怪我はありませんでしたか。」（請問您沒有受傷吧？）如果客人被割傷，一定要視其受傷程度，盡速做適當的處理。

このグラスは〜

例 欠けている ⇨ このグラスは欠けています。

- ヒビが入っている [1]
- 汚れがついている
- 水あかが残っている
- しみがついている
- 割れている

PART 7 客訴處理
Unit 17 用餐時

豆知識

其他常用句：
- このナイフはあまり切れないんですけど。　這個刀子不好切耶！
- フォークを落としてしまいました。　叉子掉（地板上）了。
- 灰皿がないんですが…。　（桌子上）沒有菸灰缸。
- つまようじはありませんか…。　不好意思，有牙籤嗎？

---

[1] ヒビが入っている（有裂痕）；汚れがついている（沾上髒東西）；水あかが残っている（上面有水漬）；割れている（破損了）

練習問題

1 次の中国語を日本語で答えなさい。

① 破損了	② 殘留水漬	③ 有缺口
(　　　　　)	(　　　　　)	(　　　　　)
④ 沾上髒污	⑤ 有裂痕	⑥ 不好切
(　　　　　)	(　　　　　)	(　　　　　)

2 例のように文を作りなさい。

例1 確認する

⇨ 確認いたしますので、しばらくお待ちください。

例2 新しいものを持つ

⇨ 新しいものをお持ちしますので、しばらくお待ちください。

① すぐに調べる

⇨

② 店長を呼ぶ

⇨

③ 交換する

⇨

④ 新しく作る

⇨

⑤ 席を準備する

⇨

3　例のように文を作りなさい。

例　サラダ・虫　⇨　サラダに虫が入っています。

1. スープ・髪の毛　⇨
2. 餃子・輪ゴム　⇨
3. ラーメン・ビニール　⇨
4. グラタン・髪の毛　⇨

4　弁償案を提示しなさい

1. 飲食物をこぼした場合

a. ⇨
b. ⇨

2. 料理の中に異物が入っていた場合

a. ⇨
b. ⇨

5　並び替え

1. おしぼり／すぐに／いたします／お持ち

⇨

2. ほう／の／お洋服／でしょう／大丈夫／か

⇨

3. （は／先ほど／係りの／を／粗相を／もの／いたしまして）

　誠に申し訳ございませんでした

⇨

4. このような／今後／付けます／ことが／ないよう／気を／十分

⇨

PART 7　客訴處理
Unit 17　用餐時

145

Unit 18 味について

關於味道

会話1　料理の味がおかしいと言われた場合

客人抱怨食物味道怪異

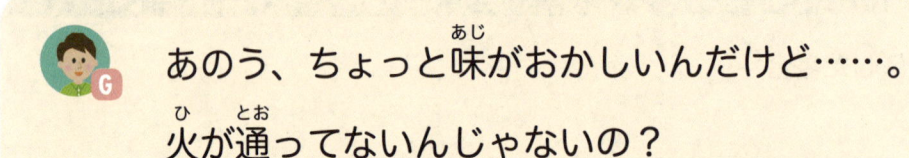

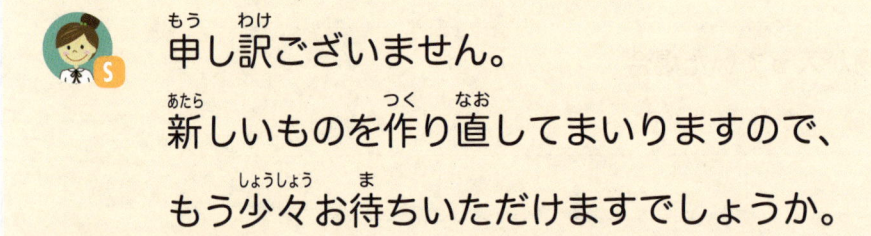

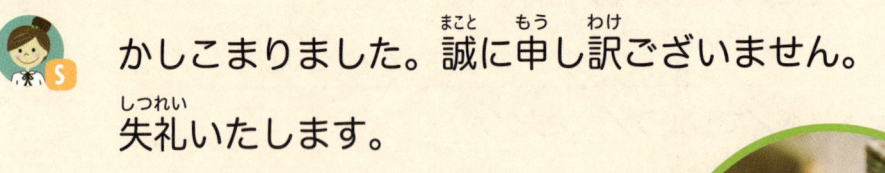

G：あのう、ちょっと味がおかしいんだけど……。火が通ってないんじゃないの？

S：申し訳ございません。新しいものを作り直してまいりますので、もう少々お待ちいただけますでしょうか。

G：じゃあ、お願いね。急いでるから早くしてね。

S：かしこまりました。誠に申し訳ございません。失礼いたします。

～んじゃないの？

093

例 火が通ってない[1]
⇨ **火が通ってないんじゃないの？**

- いたんでいる
- 生焼け[2]
- しょっぱすぎる
- 味が変
- 水っぽい
- 新鮮ではない
- 甘すぎる

[1] 火が通ってない（沒熟）；いたんでいる（壞掉了）；生焼け（沒烤熟的）；しょっぱすぎる（太鹹）；味が変（味道怪異）；みずっぽい（水水的）；新鮮ではない（不新鮮）；甘すぎる（太甜）。

[2] 以「N／な形＋な＋んじゃないの？」方式接續。

PART 7 客訴處理
Unit 18 關於味道

147

会話2　お客の苦情　　客人的抱怨

- このステーキは | 焼きすぎ / 生焼け / かみ切れない / かたい | です。

- このスープは | 冷めている / なまぬるい / 味がうすい / 甘すぎる / しょっぱすぎる / 辛すぎる | よ

- これは味が | 変 / おかしい / ひどい / よくない | です。

- このトーストは | 焼きすぎだ / 焼きが足りない / こげている / 変なにおいがする | 。

- このワインはすっぱい味がします。
- このビールは気がぬけている。
- このミルクはいたんでいる 。

～がする ②

例　におい　⇨　においがします。

- いいにおい
- どんな味
- 変なにおい
- おいしそうな感じ

～は　自動詞＋ている

例　スープ・冷める　⇨　スープは冷めています。

- ミルク・傷む
- トースト・焦げる
- ビール・気が抜ける
- アイスクリーム・溶ける

---

① 「生ぬるい」與「ぬるい」都是指溫度不夠。但是如果東西應該是冰涼沁心的話，用「生ぬるい」；如果東西應該是熱呼呼的話，用「ぬるい」。

② 「～がする」與「音、声、味、におい」等等單字連用，表示「傳來～的聲音、有味道」，像是「音がします」「声がします」等等表達方式。

練習問題

1　次の中国語を日本語で答えなさい。

1. 湯冷掉了　⇨　_____
2. 牛奶壞了　⇨　_____
3. 吐司焦掉了　⇨　_____
4. 冰淇淋溶掉了　⇨　_____
5. 啤酒沒氣了　⇨　_____

2　例のように文を作りなさい。

例　しょっぱすぎます　⇨　しょっぱすぎるんじゃないの？

1. いたんでいます　⇨　_____
2. 水っぽいです　⇨　_____
3. 甘すぎます　⇨　_____
4. 生焼けです　⇨　_____
5. 味が変です　⇨　_____

3　例のように文を作りなさい。

例　ミルク・傷む　⇨　ミルクが傷んでいます。

1. スープ・冷める　⇨　_____
2. アイスクリーム・溶ける　⇨　_____
3. ビール・気が抜ける　⇨　_____
4. トースト・焦げる　⇨　_____

4 例のように文を作りなさい。

例 におい ⇨ においがします。

1. 変なにおい ⇨ _____
2. どんな味 ⇨ _____
3. おいしそうな感じ ⇨ _____
4. いいにおい ⇨ _____

5 食事の苦情を言ってみてください。

A

1. このステーキは _____ ですよ。
2. このステーキは _____ ですよ。
3. このステーキは _____ ですよ。

B

1. このスープは _____ よ。
2. このスープは _____ よ。
3. このスープは _____ よ。

C

1. このコーヒーは _____ ですよ。
2. このコーヒーは _____ ですよ。
3. このコーヒーは _____ ですよ。

PART 8 電話対応
電話應對

- キーワード
- キーセンテンス
- Unit 19 電話でのご予約
- Unit 20 他の電話対応

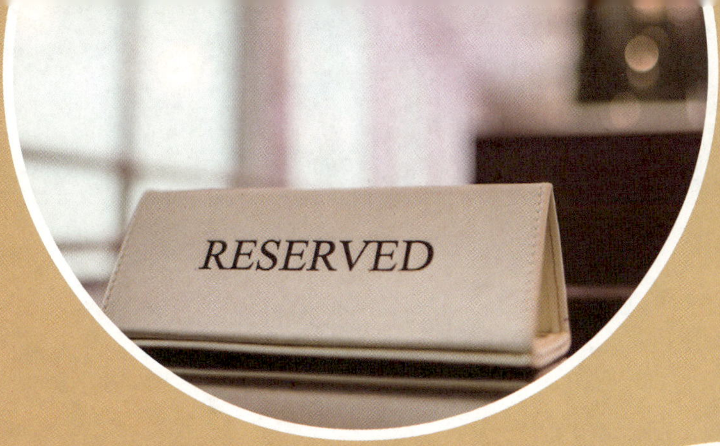
RESERVED

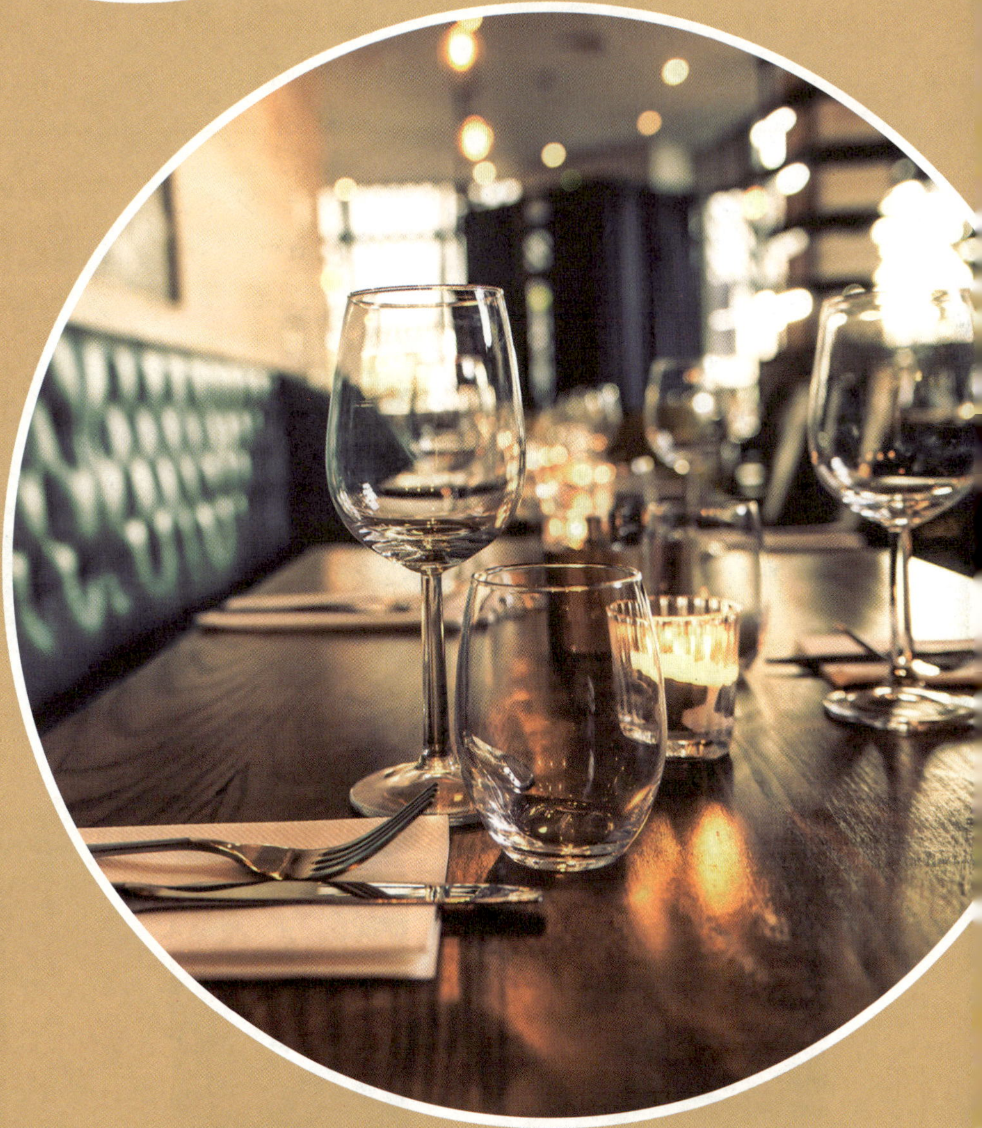

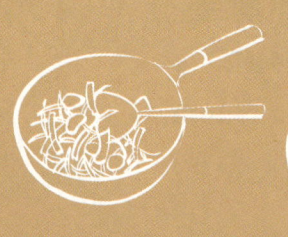

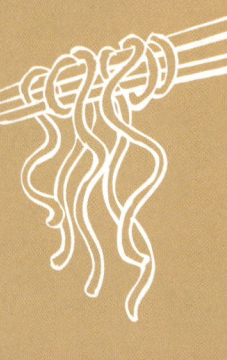

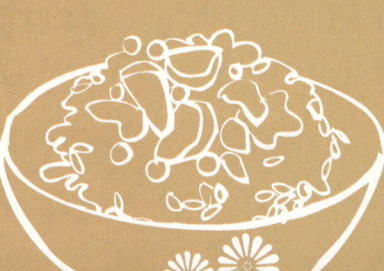

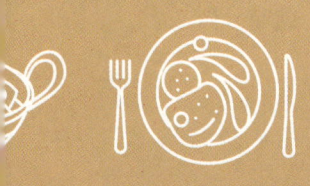

キーワード

(097)

ランチタイム	ディナータイム	ラストオーダー
午餐時間	晚餐時間	最後點餐時間

かしきりえいぎょう
貸切営業
包下場地

かいてん
開店
開店（營業）

へいてん
閉店
結束營業

ていきゅうび
定休日
公休日

じかんえいぎょう
24時間営業
24小時營業

りんじきゅうぎょう
臨時休業
臨時公休

154

キーセンテンス 🎧098

寒暄	・レストラン「福満園」でございます。 這裡是「福滿園」餐廳。
預約	・いつがご希望でしょうか。　　您要預約什麼時候？ ・ご予約を承りました。　　接到您的預約。 ・ご来店をお待ちしております。　　等候您大駕光臨。 ・ご予約は必要ございません。　　（本店）不需要預約。 ・当店では予約を受け付けておりません。 本店不接受預約。
營業時間	・当店の営業時間は11時からとなっております。 本店營業時間是從11點開始。 ・ラストオーダーは午後9時でございます。 最後點餐時間是9點。
座位	・個室／テラス席もご用意できます。 也可以為您準備包廂／露台座。
地點	・分かりにくいので、私がご案内いたします。 不好找，我帶您去。 ・MRT中山駅の近くにございます。　　捷運中山站附近。
失物招領	・レジでお預かりしております。お名前をお願いいたします。　　我們會寄放在櫃枱，請給我您的大名。

155

Unit 19 電話でのご予約

電話訂位

会話1　予約の電話を受ける場合

接訂位電話

……（電話を受ける）……

S：レストラン「福満園」でございます。

G：あのう、予約をお願いしたいんですが……。

S：ありがとうございます。いつのご予定でしょうか。

G：ええと、6月の14日、夜の7時でお願いしたいんです。

S：かしこまりました。6月14日、金曜日、夜の7時のご予約ですね。何名様でご来店でしょうか。

G：4名です。

S：かしこまりました。では、恐れ入りますが、お客様のお名前と、お電話番号を教えていただけますか。

G：山本です。電話番号は090-3355-3567です。

S: かしこまりました。ご予約を確認させていただきます。6月14日夜7時、山本様で4名様。お電話番号は090-3355-3567でございますね。

G: はい。お願いします。

S: ありがとうございます。それでは、ご来店をお待ちしております。私は鈴木と申します。何かありましたらご連絡ください。

G: はい。

S: それでは、失礼いたします。

～をお待ちしております

例 ご来店 ⇒ ご来店をお待ちしております。

- ご連絡
- お越し
- ご予約
- お電話

会話2 予約で満席の場合 — 客滿

- レストランアクアでございます。
- 今夜、3人で行きたいんですが、席はありますか。
- ご予約ですね。ありがとうございます。お時間は何時でございましょうか。
- 7時半です。
- ただいま確認いたします。少々お待ちください。

....

- 申し訳ございません。あいにくそのお時間は満席となっております。6時でしたら、ご用意できますが、いかがいたしましょうか。
- 6時は無理ですね。
- 申し訳ございません。お電話、ありがとうございました。またのご予約をお待ちしております。

～でしたら～

例： 6時 ⇨ 6時でしたら、ご用意できますが…。

- 7月25日
- 来週の金曜日
- 夜8時
- 午後1時
- 木曜日の夜6時
- 来月の21日

会話3 （予約）席を指定する　（訂位）指定座位

- S: お席のご指定はございますか。
- G: できれば、窓際の席をとっておいてください。
- S: かしこまりました。では、窓際のお席をご用意させていただきます。
- G: お願いします。
- S: お料理ですが、ご来店されてからのご注文になさいますか。それとも、今ご注文なさいますか。
- G: そちらに行ってから注文します。
- S: かしこまりました。

〜をご用意させていただきます

例 窓際（まどぎわ）のお席（せき）
⇨ 窓際のお席をご用意させていただきます。

- 禁煙席（きんえんせき）
- 喫煙席（きつえんせき）
- カウンター席（せき）
- テーブル席（せき）
- テラス席（せき）
- 個室（こしつ）

PART 8 電話應對
Unit 19 電話訂位

練習問題

1 □の中から最も適当な単語を選びなさい。

> ご希望　ご用意　お名前　ラストオーダー　営業時間

1. _____は午後9時でございます。
2. そちら様の_____をお願いいたします。
3. いつが_____でしょうか。
4. 当店の_____は11時からとなっております。
5. 個室も_____できます。

2 例のように文を作りなさい。

| 例 | 6時・用意 | ⇨ | 6時でしたら、ご用意できますが…。 |

1. 7月25日・用意　⇨
2. 午後1時・案内　⇨
3. 来週の金曜日・予約　⇨
4. 夜8時から・案内　⇨

3 次の文を翻訳しなさい。

1. 等候您大駕光臨。

⇨

2. （本店）不須要預約。

⇨

3. 接到您的預約。

⇨

4. 本店不接受預約。

⇨

4 絵を見て□から単語を選んで、例のように言いなさい。

例	(b) 個室	⇨	個室をご用意させていただきます。
1	(　) 禁煙席	⇨	
2	(　) カウンター席	⇨	
3	(　) テーブル席	⇨	
4	(　) 喫煙席	⇨	
5	(　) テラス席	⇨	

PART 8 電話應對

Unit 19 電話訂位

163

Unit 20 他の電話対応

其他接聽應答

会話1 店の場所を案内する　指引店家位置

G: そちらのお店はどこにあるんですか。

S: 敦化南路と信義路の交差点の近くにございます。

G: 今、MRTの大安駅から電話をしてるんですが、どうやって行けばいいですか。

S: 信義路沿いに台北市政府の方向へまっすぐ進んでください。玉山銀行から二つ目の角を左に入った小さな路地にございます。

G: 複雑ですね。とりあえず行ってみます。

S: もしわからなかったら、お手数ですが、もう一度お電話をください。
ご来店をお待ちしております。

～ の位置[1] にございます

例 公園・手前 ⇒ 公園の手前にございます。

- 陸橋・先に
- バス停・手前に
- 駐車場・そばに
- 病院・前に
- 公園・裏に
- カフェ[2]・上に

豆知識：其他位置的表現

- 廊下のつきあたり　走廊到底
- つきあたりの左手／右手
  走到底左手邊／～右手邊
- あのドアを出たところ
  走出那個門的地方

- 左／右に曲がったところ
  左轉／右轉的地方
- ～の左手／右手　～左手邊／～右手
- 左手／右手の方向
  左手／右手方向

---

[1] 如果是方位的話，則是「東、西、南、北」；地點的話還有「横・隣・下」（旁邊、隔壁、下面）「後ろ」（後面）「～AとBの間に」（～之間）、「～の突き当たり」（～的底處）；目標物還有「角」「喫茶店」「信号」「横断歩道」等等。

[2] 「カフェ」是類似「星巴克」的西式咖啡廳。

会話2 （電話で）忘れ物の質問に答える

（電話中）回答忘記東西的詢問

G: さっき、そちらに傘を忘れたようなんですが…。

S: どんな傘ですか。

G: 茶色でチェック柄の折り畳み傘です。

S: お調べいたしますので、そのまましばらくお待ちください。

S: お待たせいたしました。ございましたが、いかがいたしましょうか。

G: すぐ取りに行きます。

S: 承知いたしました。レジでお預かりしております。お名前をお願いいたします。

G: 森田です。

S: かしこまりました。お待ちいたしております。

位置 に 物を忘れました

例　テーブル・ハンカチ
⇨　テーブルにハンカチを忘れました。

トイレ・帽子

個室・かばん

カウンター席・マフラー

テーブル・サングラス

豆知識

常忘記的東西：

- 手荷物　手提包
- 上着　外套
- コート　大衣
- 財布　錢包  
- 携帯電話　手機
- かばん　包包
- 買い物の商品　購買的東西

PART 8　電話應對
Unit 20　其他接聽應答

練習問題

1　次の中国語を日本語で答えなさい。

① 醫院前面	② 天橋下面	③ 公園裡背面
( )	( )	( )
④ 公車站跟前	⑤ 銀行横向旁邊	⑥ 停車場旁邊
( )	( )	( )
⑦ 紅錄燈到底	⑧ 停車場跟銀行之間	⑨ 咖啡廳上面
( )	( )	( )

2　例のように言いなさい。

例　テーブル・ハンカチ　⇨　テーブルにハンカチを忘れました。

① テーブル・サングラス　⇨

② トイレ・帽子　⇨

③ カウンター席・傘　⇨

④ テラス席・財布　⇨

⑤ 個室・かばん　⇨

3　並び替え

① ある／は／お店／か／そちらの／どこに／んです

⇨

② MRTの／から／大安駅／してる／んですが／電話

⇨

③ を／この道／進んで／まっすぐ／ください

⇨

④ しばらく／そのまま／ください／お待ち

⇨

4 地図を見ながら、店の場所を説明してみてください。

1

2

附錄
飲食相關用語・中譯・解答

1 飲食相關用語

調味料、醬料

1. 油0／オイル1：油
2. ピーナツオイル5：花生油
3. ごま油3：麻油
4. オリーブオイル5：橄欖油
5. バター1：奶油
6. マーガリン1：乳瑪琳（人工奶油）
7. 牛乳0／ミルク1：牛奶
8. チーズ1：乳酪
9. ヨーグルト3：優格
10. 塩2：鹽
11. 砂糖2：糖
12. しょうゆ0：醬油
13. 片栗粉4：太白粉
14. トウチ：豆豉
15. みそ1：味噌
16. お酢0：醋
17. 味醂0：甜料酒
18. 出し汁0,3：用食材熬出來的高湯
19. ドレッシング2：沾醬
20. サザンアイランド：千島醬；同「サザンアイランドドレッシング」、「アイランドドレッシング」
21. フレンチドレッシング：法國醬
22. ソース1：醬汁
23. チリソース3：辣醬
24. マヨネーズ3：美乃滋；蛋黃醬
25. ケチャップ2：番茄醬
26. マスタード3：西洋芥末
27. ラー油0：辣油
28. トーバンジャン0：豆瓣醬

辛香料

1. からし0：芥子（做黃色芥末醬的原料）
2. わさび1：山葵
3. 大葉0：紫蘇葉
4. しそ0：紫蘇
5. しょうが0：生薑
6. にら0：韭菜
7. にんにく0：蒜頭
8. （台湾）パクチ1：（台灣）香菜
9. バジル1：九層塔
10. 唐辛子3：辣椒
11. コショウ2　胡椒

12 ホワイトペッパー 5：白胡椒

13 ういきょう 0：茴香

14 カレー粉 0：咖哩粉

穀類

1 米 2：米
2 玄米 1：糙米
3 もち米 0：糯米
4 あわ 1：小米
5 もろこし 0：高梁；同「コーリャン」
6 麦 1：麥子
7 そば 1：蕎麥（種子）
8 あずき 3：紅豆
9 大豆 0：大豆
10 緑豆 0：綠豆

乾果類

1 アーモンド 1：杏仁
2 カシューナッツ 4：腰果
3 くり 2：栗子
4 クルミ 0：核桃
5 蓮の実 0：蓮子
6 ピーナッツ 1：花生

蔬菜

1 アスパラガス 4：蘆筍
2 カリフラワー 4：花菜（白色花椰菜）
3 ブロッコリー 2：青花椰菜
4 大根 0：白蘿蔔
5 にんじん 0：紅蘿蔔
6 豆 2：豆子
7 いんげん豆 3：碗豆
8 枝豆 0：毛豆
9 空豆 2：蠶豆
10 グリーンピース 5：豌豆仁；青豆仁
11 レタス 1：生菜萵苣
12 きゅうり 1：黃瓜
13 白菜 3,0：大白菜
14 小松菜 0：小白菜
15 あぶらな 3：油菜
16 チンゲンサイ 3：青江菜
17 たかな 0：芥菜
18 ほうれん草 3：菠菜
19 キャベツ 1：高麗菜
20 セロリ 1：芹菜
21 ねぎ 1：蔥

附錄 1 飲食相關用語

173

22	たまねぎ 3：洋葱
23	ピーマン 1：甜椒；青椒
24	もやし 3：豆芽
25	なす 1：茄子
26	カボチャ 0：南瓜
27	トウガン：冬瓜
28	ゆうがお 0：瓠瓜
29	へちま 0：絲瓜
30	トマト 1：番茄
31	とうもろこし 3：玉米
32	椎茸(しいたけ) 1：香菇
33	木(き)くらげ 0：木耳
34	白(しろ)きくらげ：白木耳
35	マッシュルーム 4：蘑菇
36	れんこん 0：蓮藕
37	さつま芋(いも) 0：番薯
38	ジャガイモ 0：馬鈴薯
39	山芋(やまいも) 0：山藥
40	ごぼう 0：牛蒡
41	竹(たけ)の子(こ) 0：竹筍
42	こんにゃく 3,4：蒟蒻
43	空心菜(くうしんさい)：空心菜；同「コンシン菜」
44	オクラ 0：秋葵
45	春菊(しゅんぎく) 1：茼蒿

肉類 114

1	牛肉(ぎゅうにく) 0／ビーフ 1：牛肉
2	マトン 1／ラム 1：羊肉
3	豚肉(ぶたにく) 0／ポーク 1：豬肉
4	鶏肉(とりにく) 0／チキン 1：雞肉
5	かも肉(にく) 0：鴨肉
6	レバー 2：肝
7	スペアリブ 4：排骨
8	バラ肉(にく) 2：五花肉
9	ロース 1：里脊肉
10	ひき肉(にく) 0：絞肉
11	腸詰(ちょうづ)め 0／ソーセージ 1,3：香腸
12	肉(にく)のでんぶ：肉鬆
13	ハム 1：火腿
14	ベーコン 1：培根
15	手羽先(てばさき) 0：雞翅
16	ささみ 0：雞胸肉
17	もも肉(にく) 2：（雞）腿肉

水果 🎧115

1. ライチ 1：荔枝；同「レイシ」
2. リューガン 1：龍眼
3. メロン 1：香瓜
4. いちご 0：草莓
5. 桃(もも) 0：桃子
6. 杏(あんず) 0：杏桃
7. いちじく 2：無花果
8. びわ 1：枇杷
9. なし 2：梨
10. アボカド 0：酪梨
11. ナツメ 0：棗子
12. かき 0：柿子
13. りんご 0：蘋果
14. みかん 1：橘子
15. オレンジ 2：柳橙
16. レモン 1：檸檬
17. ザボン 0：柚子；同「文旦（ぶんたん）」
18. すいか 0：西瓜
19. さくらんぼ 0：櫻桃；同「チェリー」
20. パイナップル 3：鳳梨
21. スターフルーツ 5：楊桃
22. ぶどう 0：葡萄
23. バナナ 1：香蕉
24. グレープフルーツ 6：葡萄柚
25. キウイ 1：奇異果
26. パパイア 2：木瓜；同「パパイヤ」、「パパヤ」
27. マンゴー 1：芒果
28. グアバ 1：番石榴
29. パッションフルーツ 6：百香果
30. ドラゴンフルーツ 6：火龍果
31. ドリアン 1：榴槤
32. マンゴスチン 3：山竹
33. ランブータン 3：紅毛丹
34. ざくろ 1：石榴
35. オリーブ 2：橄欖
36. うめ 0：梅子
37. サンザシ 0：山楂
38. サトウキビ 2：甘蔗

附録 1 飲食相關用語

175

海產類

1. まぐろ 0：鮪魚
2. さけ 1：鮭魚
3. たら 1：鱈魚
4. 鯛(たい) 1：鯛魚
5. さめ 0：鯊魚
6. 平目(ひらめ) 0：比目魚
7. あじ 1：竹筴魚
8. ぶり 1：鰤魚
9. はまち 0：魬（鰤的幼魚）
10. かんぱち 0：紅魽
11. かつお 0：鰹魚
12. にしん 1：青魚；鯡魚
13. さば 0：鯖魚
14. さんま 0：秋刀魚
15. いわし 0：沙丁魚
16. 太刀魚(たちうお) 2：白帶魚
17. 白魚(しらうお) 0：銀魚
18. ふぐ 1：河豚
19. すずき 0：鱸魚
20. ます 0：鱒魚
21. 鮎(あゆ) 1：香魚
22. 鯉(こい) 1：鯉魚
23. えび 0：蝦子
24. 伊勢エビ(いせ) 2：龍蝦
25. 車エビ(くるま)：大蝦；明蝦
26. シャコ 1：蝦蛄
27. かに 0：螃蟹
28. たこ 1：章魚
29. いか 0：烏賊
30. うなぎ 0：鰻魚
31. どじょう 0：泥鰍
32. うに 1：海膽
33. かき 1：牡蠣
34. くらげ 0：海蜇
35. たら子(こ) 3：鹹鱈魚子
36. 数の子(かずのこ) 0：曬乾的青魚子
37. からすみ 0：烏魚子
38. なまこ 3：海參
39. ふかひれ 0：魚翅
40. あわび 1：鮑魚
41. 貝(かい) 1：貝
42. はまぐり 2：蛤蜊
43. 帆立貝(ほたてがい) 3：扇貝
44. 貝柱(かいばしら) 3：干貝

45	あさり 0 ：蛤仔（海水）
46	しじみ 0 ：蜆（淡水）
47	のり 2 ：海苔
48	昆布 1 ：昆布

常見食物 🎧117

1	中華料理 4 ：中華料理
2	チャーハン 1 ：炒飯
3	ビーフン 1 ：米粉
4	ギョーザ 0 ：煎餃
5	水ギョーザ 3 ：水餃
6	ワンタン 3 ：餛飩
7	シューマイ 0 ：燒賣
8	肉まん 0 ：肉包
9	中華ちまき 4 ：中式粽子
10	日本料理 4 ：日本料理
11	ラーメン 1 ：拉麵
12	うどん 0 ：烏龍麵
13	そば 1 ：蕎麥麵
14	焼きそば 0 ：炒麵
15	そうめん 1 ：麵線
16	春雨 0 ：冬粉
17	ご飯 1 ：飯

18	おかゆ 0 ：稀飯
19	焼き肉 0 ：烤肉
20	焼き魚 3 ：烤魚
21	から揚げ 0 ：炸雞
22	目玉焼き 0 ：煎荷包蛋
23	ゆで卵 3 ：煮雞蛋
24	漬け物 0 ：醬菜
25	酢の物 2 ：醋拌涼菜
26	刺身 3 ：生魚片
27	豚カツ 0 ：炸豬排
28	天ぷら 0 ：天婦羅
29	すき焼き 0 ：日式火鍋；壽喜燒
30	おにぎり 2 ：飯糰
31	梅干し 0 ：梅子乾
32	豆腐 0 ：豆腐
33	味噌汁 3 ：味噌湯
34	寿司 2 ：壽司
35	牛丼 ：牛肉蓋飯
36	親子丼 ：雞肉滑蛋蓋飯
37	カツ丼 ：炸豬排蓋飯
38	天丼 0 ：天婦羅蓋飯
39	カレーライス 4 ：咖哩飯
40	和菓子 2 ：日本點心

附錄 1 飲食相關用語

41	お団子（だんご）0：麻糬所做成的丸子狀點心
42	お饅頭（まんじゅう）4：有包餡的麻糬
43	インスタントラーメン：速食麵
44	カップラーメン：速食杯麵
45	食パン（しょく）0：長條吐司
46	サンドイッチ 4：三明治
47	トースト 1：烤吐司
48	サラダ 1：沙拉
49	オートミール 4：燕麥
50	コーンフレークス 5：玉米片
51	ハンバーガー 3：漢堡
52	ピザ 1：披薩
53	フライドポテト：薯條
54	ポタージュ 2：濃湯
55	ホットドッグ 4：熱狗
56	クッキー 1：餅乾
57	チョコレート 3：巧克力
58	アイスクリーム 5：冰淇淋

飲料 118

1	お水（みず）：水
2	氷（こおり）0：冰
3	お湯（ゆ）0：熱開水
4	さゆ 1：白開水
5	ペリエ：氣泡礦泉水
6	ジュース 1：果汁
7	オレンジジュース 5：柳橙汁
8	アップルジュース 5：蘋果汁
9	トマトジュース 4：番茄汁
10	コーヒー 3：咖啡
11	アイスコーヒー：冰咖啡
12	ココア 1：可可
13	コーラ 1：可樂
14	ダイエットコーラ：健怡可樂
15	コカコーラ 3：可口可樂
16	ペプシコーラ：百事可樂
17	スプライト：雪碧
18	セブンアップ：七喜
19	オレンジソーダ：柳橙汽水
20	トニックウォーター：通寧汽水
21	ジンジャーエール：薑汁汽水

22 お茶(ちゃ)0：茶

23 緑茶(りょくちゃ)0：綠茶

24 ジャスミンティー：茉莉花茶

25 紅茶(こうちゃ)0：紅茶

26 アイスティー4：冰紅茶

27 麦茶(むぎちゃ)2：麥茶

28 ウーロン茶(ちゃ)3：烏龍茶

29 お酒(さけ)0：酒

30 ビール1：啤酒

31 日本酒(にほんしゅ)0：日本酒

32 ワイン1：葡萄酒

33 赤(あか)ワイン3：紅酒

34 白(しろ)ワイン3：白酒

35 シャンパン3：香檳

36 ウイスキー2：威士忌

37 水割(みずわ)り0：以水稀釋的威士忌

38 ブランデー0：白蘭地

39 マティーニ2：馬丁尼（琴酒和苦艾酒，再加上橄欖。）

40 プラッディーマリ5：血腥瑪莉（伏特加混入番茄汁及一些酸味果汁）

41 スクリュードライバー6：螺絲起子（伏特加混入柳橙汁）

42 ウォッカラム：伏特加蘭姆

43 ウォッカライム：伏特加萊姆

44 ジントニック3：琴湯尼（琴酒加上 Tonic Water）

45 シェリー1：雪莉酒。西班牙的安達盧西亞地方產的白葡萄酒。有獨特的香味，酒精濃度比普通葡萄酒高一點。同「セリー」。

46 キール1：辣口的白葡萄酒混合黑醋栗酒（cassis）

味道・口感

1 おいしい0,3／うまい2：好吃

2 臭(くさ)い2：臭

3 生臭(なまぐさ)い4：腥

4 塩辛(しおから)い3／しょっぱい3：鹹

5 酸(す)っぱい3：酸

6 苦(にが)い2：苦

7 甘(あま)い2：甜

8 甘酸(あま)っぱい3

9 渋(しぶ)い2：澀

10 辛(から)い2：辣

11 硬(かた)い0：硬

12 香(こう)ばしい4：很香

13 柔(やわ)らかい4：軟

14 味(あじ)が薄(うす)い：味淡

附錄 1 飲食相關用語

15	味（あじ）が濃（こ）い：味濃
16	味（あじ）がない：沒有味道
17	油（あぶら）っこい 5：油膩
18	あっさりした味（あじ）：味道清爽
19	さっぱりしている：味道清淡不油膩
20	なめらか 2：滑潤的味道
21	まろやか 2：醇厚
22	ねとねとした：粘粘糊糊的
23	ねばねばした：粘答答的
24	ピリッとした：辛辣
25	水（みず）っぽい 4：水水的
26	歯（は）ごたえ 2：嚼勁
27	こしのある：有Q勁
28	こりこりしている：脆脆的口感
29	こってり 3：味濃油膩
30	サクサク 1：鬆脆
31	カリカリ 1：又酥又脆

餐具 120

1	お茶碗（ちゃわん）2：飯碗
2	小皿（こざら）0：小盤子
3	大皿（おおざら）0：大盤子
4	取（と）り皿（ざら）2：分取食物的小碟子
5	杓文字（しゃもじ）1：飯匙
6	箸（はし）1：筷子
7	割（わ）り箸（ばし）0：衛生筷
8	ナイフ 1：刀子
9	フォーク 1：叉子
10	スプーン 2：湯匙（西餐所用的）
11	匙（さじ）1：匙
12	蓮華（れんげ）0：湯匙（柄短陶製的湯匙）
13	コップ 0：杯子（杯子總稱）
14	グラス 0：喝洋酒的玻璃杯
15	タンブラー 1：透明、無杯腳的玻璃大型酒杯
16	ジョッキ 1：有把手的啤酒杯
17	コーヒーカップ 5：咖啡杯
18	ワイングラス 4：葡萄酒杯
19	シャンパングラス：香檳杯
20	箸置（はしおき）2,3,0：筷架

| 21 | 爪楊枝 3：牙籤
| 22 | 灰皿 0：菸灰缸
| 23 | 水差し 3,4：水瓶
| 24 | ピッチャー 1：水瓶
| 25 | ランチョンマット 5：餐墊，同「プレースマット」
| 26 | ティッシュ 1：面紙
| 27 | ナプキン 1：餐巾
| 28 | 紙ナプキン：餐巾紙

常見料理手法

1. 切る 1：切
2. 刻む 0：切細
3. ぶつ切り 0：切成大塊的（魚肉等）
4. 薄切り 0：切薄片
5. 千切り 0,4：將蔬菜等切成絲
6. 剥く 0：剝
7. おろす 2：磨成泥；切開
8. 煮る 0：煮
9. 煮込む 2：燉
10. 炊く 0：煮飯
11. 揚げる 0：炸
12. 炒める 3：炒
13. 強火 0：大火
14. 弱火 0：小火
15. 焼く 0：煎；烤
16. 蒸す 1：蒸
17. ふかす 2：燒開；燒熱
18. 茹でる 2：用開水煮（煮白煮蛋等等）
19. ボイルする 1：川燙
20. 冷やす 2：冰鎮
21. 和える 2：用醋等涼拌
22. かきまぜる 4：用手或筷子攪拌
23. 漬け込む 3：醃漬
24. 泡立てる 4：打泡沫
25. こねる 2：揉
26. まぶす 2：塗滿；撒滿
27. 盛り付ける 4：盛入碟內
28. あんをつける：勾芡
29. 詰める 2：填塞
30. アクを取る：將湯上的浮渣去掉

附錄 1 飲食相關用語

181

用餐相關用語 122

1. ていしょく
   定食 0：套餐
2. べんとう
   弁当 3：飯盒，便當
3. ちょうしょく
   朝食 0：早餐；同「朝ご飯（あさごはん）」
4. ちゅうしょく
   昼食 0：午餐；同「ランチ／昼ご飯（ひるごはん）」
5. ゆうしょく
   夕食 0：晩餐；同「夕ご飯（ゆうごはん）」
6. やしょく
   夜食 0：宵夜
7. かんしょく
   間食する 0：吃零食（在正餐之外吃東西）
8. おやつ 2：下午的點心
9. おかず 0：配菜
10. でまえ
    出前 0：外送。披薩等外送則稱為「デリバリー」
11. レストラン 1：餐廳
12. やたい
    屋台 1：路邊攤
13. バイキング 1：自助餐
14. ビュッフェ 1：歐式自助餐
15. メニュー 1：菜單
16. た ほうだい
    食べ放題 3：吃到飽
17. の ほうだい
    飲み放題 3：無限暢飲
18. ちゅうもん
    注文する 0：點菜
19. かんじょう
    勘定する 3：結帳

店裡的場所名稱 123

1. ちょうりば
   調理場 0：廚房
2. トイレ 1・お手洗い 3：廁所
3. バー 1：吧台
4. レジ 1・受付 0：收銀台・櫃檯
5. えんかいじょう
   宴会場 0：宴會廳
6. こうしゅうでんわ
   公衆電話 5：公共電話
7. ちか かい
   地下 1 階：地下一樓
8. ろうか
   廊下 0：走廊
9. つうろ
   通路 1：走道
10. い ぐち
    入り口 0：入口
11. で ぐち
    出口 1：出口

182

❷ 會話中譯＆句型解答

Unit 3

會話 1　P. 26
歡迎光臨。請問幾位？
G 兩位。我們要非吸菸區。
S 好的，我來幫您帶位。這邊請。

會話 2　P. 28
S 歡迎光臨。
G 我是石川，我有先訂位。
S 石川先生，謝謝您的訂位。請您稍候。
　　…………（確認訂位單）…………
S 石川先生，讓您久等了。您是 7 點六位對吧？歡迎您光臨，我來為您帶位。這邊請。

お（ご）～する

例 1
- 下げる（お）⇒ お下げします。
- 知らせる（お）⇒ お知らせします。
- 確認する（ご）⇒ ご確認します。
- 待たせる（お）⇒ お待たせします。

例 2
- ご迷惑をかける
⇒ ご迷惑をお掛けして申し訳ございません。
- ご不便をかける
⇒ ご不便をお掛けして申し訳ございません。

例 3
- 予約（ご）
⇒ またのご予約をお待ちしております。
- 電話（お）
⇒ またのお電話をお待ちしております。

會話 3　P. 30
S 請問您有預約嗎？
G 有的。石川，六位。
S 石川先生嗎？請您稍等。
　　…………（確認訂位單）…………
S 不好意思讓您久等了。我剛為您確認時，發現今天的訂位單中並沒有您的大名。對不起，您當時是不是用其他客人的名字訂位呢？
G 那麼有沒有青空電機的名字？
S 是青空電機嗎？……有，確實有貴公司的訂位，真是非常抱歉讓您久等了，我現在就為您帶位。

～ております

例
- 伺う ⇒ 伺っております。
- お待ちする ⇒ お待ちしております。
- 満席となる ⇒ 満席となっております。
- ご来店をお待ちする
⇒ ご来店をお待ちしております。

お（ご）～なさる

例
- 確認する（ご）⇒ ご確認なさいます。
- 延長する（ご）⇒ ご延長なさいます
- 心配する（ご）⇒ ご心配なさいます。

Unit 4

會話 1　P. 34
G 我想坐在那邊靠窗的位子。
S 非常抱歉，目前靠窗的位子都坐滿了。如果裡面的位子可以的話，我可以馬上為您安排。
G 可是我比較想坐在靠窗的位子。

183

S 好的。只要靠窗的位子一空出來，我馬上就為您帶位。請問您貴姓大名？
G 我姓佐藤。
S 佐藤先生是嗎？好的。請先坐在這裡稍候。
G 好的。那就麻煩你了。

～でございます

例1
- 2階 ⇨ 2階でございます。
- テラス席 ⇨ テラス席でございます。
- 個室 ⇨ 個室でございます。
- テーブル席 ⇨ テーブル席でございます。
- カウンター席
  ⇨ カウンター席でございます。

例2
- 水曜日は定休日
  ⇨ あいにく水曜日は定休日でございます。
- 4人掛けのお席は満席
  ⇨ あいにく4人掛けのお席は満席でございます。

會話2 P. 36

S 歡迎光臨。請問一共是三位嗎？
G 是的。
S 不好意思，目前客滿，可以請您稍候嗎？
G 那要等多久？
S 我想大概再等10分鐘就可以為您帶位了。
G 知道了。那麼，我等。
S 那麼請您先坐在這裡稍待。只要一有空位，我馬上為您帶位。

....

S 讓您久等了，我來為您帶位。這邊請。

（～は）お（ご）～になっております

例1
- 待つ（お）⇨ お待ちになります。
- 並ぶ（お）⇨ お並びになります。
- 使う（お）
  ⇨ ご使いになります。

- 戻る（お）⇨ お戻りになります。
- 利用する（ご）
  ⇨ ご利用になります。

例2
- お子様用のいす・使う
  ⇨ お子様用のいすはお使いになりますでしょうか。
- お取り皿・使う
  ⇨ お取り皿はお使いになりますでしょうか。

お（ご）～いただけますか

例1
- 座る（お）⇨ お座りいただけますか。
- 教える（お）⇨ お教えいただけますか。
- 利用する（ご）
  ⇨ ご利用いただけますか。
- 選ぶ（お）⇨ お選びいただけますか。

例2
- お名前を聞かせる
  ⇨ お名前をお聞かせいただけますでしょうか。
- お名前を教える
  ⇨ お名前をお教えいただけますでしょうか。
- こちらから選ぶ
  ⇨ こちらからお選びいただけますでしょうか。
- アンケートに協力する
  ⇨ アンケートにご協力いただけますでしょうか。

會話3 P. 39

S 很抱歉，目前全都客滿了，可不可以請您稍候？
G 我時間不太夠…。
S 如果是併桌，馬上可以為您帶位，可以嗎？
G 拼桌有點（不喜歡）……。那算了，我下次再來。
S 真是非常抱歉。歡迎您下次再度光臨。

お（ご）〜できます

例1
- ご用意する ⇨ （ご）ご用意できます。
- 報告（ご） ⇨ ご報告できます。
- 料理を出す（お）
  ⇨ 料理をお出しできます。

例2
- いい席をご用意する
  ⇨ いい席をご用意できるかと思いますが。
- デザートをお出しする
  ⇨ お菓子をお出しできるかと思いますが。
- 20時までお待ちする
  ⇨ 20時までお待ちできるかと思いますが。

お（ご）〜しましょうか

例1
- 預かる ⇨ お預かりしましょうか。
- 用意する ⇨ ご用意しましょうか。
- 手伝う ⇨ お手伝いしましょうか。

例2
- かばんをお預かりする
  ⇨ かばんをお預かりいたしましょうか。
- お子様用のいすをご用意する
  ⇨ お子様用のいすをご用意いたしましょうか。
- 何かお手伝いする
  ⇨ 何かお手伝いいたしましょうか。

Unit 5

會話1 P. 48

（客人闔上菜單，開始四處張望時）
- S 對不起，請問可以為您點菜了嗎？
- G 可以。我要和風口味的義大利麵套餐，飲料要咖啡。
- S 請問飲料要什麼時候送上？
- G 餐前。
- S 請問這樣就可以了嗎？
- G 是的。
- S 好的。您點的是一份和風口味義大利麵套餐、一杯咖啡。
- G 沒錯。
- S 好的。請讓我為您收一下菜單。…先失陪了。

〜させていただきます

例
- 挨拶する ⇨ 挨拶させていただきます。
- 終了する ⇨ 終了させていただきます。
- 失礼する ⇨ 失礼させていただきます。
- 案内する ⇨ 案内させていただきます。

Unit 6

會話1 P. 52

- S 您好。今天為您推薦的義大利麵是用大量新鮮蔬菜作成的番茄醬汁所調理出來的；推薦的主菜則是魚貝類的燉煮。如果您願意的話，不妨嚐嚐看哦。
- G 這樣啊。可是我今天想吃口味重一點的義大利麵……。
- S 這樣啊，我們也有奶油義大利麵，您覺得怎麼樣？
- G 那就來一份吃吃看吧。主菜沒有別的了嗎？
- S 我們其他的主菜還有烤牛肉。
- G 那就來份烤牛肉。
- S 好的。

よろしければ、ぜひ〜になってみてください

例
- 使ってください
  ⇨ よろしければ、ぜひお使いになってみてください。

- 試してください
⇒ よろしければ、ぜひお試しになってみてください。

會話 2　P. 54

S 請問您點好了嗎？
G 有什麼推薦的嗎？
S 這個「香菇雞湯」是我們店裡的招牌，如果您喜歡吃豬肉料理的話，推薦您這個糖醋排骨。
G 那來一份這個湯及糖醋排骨。
S 這個蟹粉豆腐也很好吃哦！濃濃的湯裡加入滿滿的豆腐、螃蟹、鮮蝦、青菜的一道菜，很適合配飯。
G 那這個也來一份。還有二份杏仁豆腐，就這樣。
S 好的。您點的是香菇雞湯、蟹粉豆腐，甜點是二份杏仁豆腐，是嗎？
G 是的。

お～です（か）

例

- 暑い（お）（か）⇒ お暑いですか。
- 元気（お）（か）⇒ お元気ですか。
- 立派（ご）⇒ ご立派です。
- 恥ずかしい（お）⇒ お恥ずかしいです。

「　～　」は店の看板メニューなんです

例

- 北京ダック
⇒ こちらの「北京ダック」は店の看板メニューなんです。
- ふかひれスープ
⇒ こちらの「ふかひれスープ」は店の看板メニューなんです。
- 唐辛子の鶏肉炒め
⇒ こちらの「唐辛子の鶏肉炒め」は店の看板メニューなんです。
- マーボー豆腐
⇒ こちらの「マーボー豆腐」は店の看板メニューなんです。
- ショウロンポウ
⇒ こちらの「ショウロンポウ」は店の看板メニューなんです。

Unit 7

會話 1　P. 59

S 我為您點餐。
G 請你給我綜合沙拉、沙朗牛排。牛排的配菜是什麼？
S 是炸薯條、紅蘿蔔和綠花椰菜。
G 好的。
S 您要點什麼飲料呢？
G 我要咖啡。
S 牛排要幾分熟？
G 五分熟。
S 我們的沙拉醬有法式醬、千島醬，以及和風醬，請問您要……？
G 好吧，就法式醬好了。
S 咖啡要現在上嗎？
G 飯後再上。
S 好的。沙朗牛排五分熟，還有綜合沙拉配法式醬，咖啡飯後上。其他還需要什麼嗎？
G 這樣就好了。
S 謝謝您！請您稍候一下。

お（ご）～いたす

例 1

- 確認する ⇒ ご確認いたします。
- 受ける ⇒ お受けいたします。

例 2

- ご予約を確認する
⇒ ご予約をご確認いたします。
- ご用件を伺う
⇒ ご用件をお伺いいたします。

- お皿を下げる
⇨ お皿をお下げいたします。
- メニューを下げる
⇨ メニューをお下げいたします。

～は　いかがいたしましょうか

例
- お飲み物
⇨ お飲み物はいかがいたしましょうか。
- たまご
⇨ たまごはいかがいたしましょうか。
- 魚 ⇨ 魚はいかがいたしましょうか。
- わさび
⇨ わさびはいかがいたしましょうか。

會話 2　　P. 62

S 對不起，請問您要點什麼？
G 嗯……，我要蛋糕套餐和紅茶。
S 好的。蛋糕組合中的蛋糕有提拉米蘇、奶油水果蛋糕和起司蛋糕，您可以選一種。
G 請給我起司蛋糕。
S 好的。請問這樣就可以了嗎？
G 是的。
S 那麼跟您確認您點的餐點。一份蛋糕套餐，蛋糕是起司蛋糕，飲料是紅茶。
G 沒錯。
S 好的。那麼我收一下菜單。

お（ご）～ください

- 呼ぶ ⇨ お呼びください。
- 声をかける ⇨ 声をおかけください。
- こちらに座る
⇨ こちらにお座りください。
- こちらのお席にかける
⇨ こちらのお席におかけください。
- こちら側に並ぶ
⇨ こちら側にお並びください。

會話 3　　P. 64

S 您用餐時要不要來點酒呢？
G 嗯，好。
S 這是酒單。
G 我想喝點濃厚的酒，你可以推薦嗎？
S 好的，這個紅酒味道醇厚、口味纖細，頗受好評，跟您點的餐點滿搭的。
G 那，點這個。
S 好的。

～はいかがでございましょうか

例
- デザート
⇨ デザートはいかがでございましょうか。
- チーズ
⇨ チーズはいかがでございましょうか。
- アイスクリーム ⇨ アイスクリームはいかがでございましょうか。
- ジュース ⇨ ジュースはいかがでございましょうか。

～かと思いますが

例
- 野菜にも合う
⇨ 野菜にも合うかと思いますが…。
- デザートにも合う
⇨ デザートにも合うかと思いますが…。
- 魚にも合う
⇨ 魚にも合うかと思いますが…。
- ステーキにも合う
⇨ 魚にも合うかと思いますが…。

Unit 8

會話 1　　P. 73

- S 我現在來為您點菜。
- G 我要一份焗烤蝦。
- S 好的。焗烤蝦要花 20 分左右，您可以接受嗎？
- G 啊，該怎麼辦呢？我在趕時間呢！有沒有可以快點上的菜？
- S 如果是那樣的話，我們的鮮蝦香料飯或是咖哩飯，都可以早點為您上菜的。
- G 這樣啊，那就來份鮮蝦香料飯好了。
- S 好的。

〜が、よろしいでしょうか

例
- ✺ 21 時で閉店です ⇨ 21 時で閉店ですが、よろしいでしょうか。
- ✺ 現金のみです
  ⇨ 現金のみですが、よろしいでしょうか。
- ✺ コースのみです
  ⇨ コースのみですが、よろしいでしょうか。
- ✺ 単品でご注文はできません
  ⇨ 単品でご注文はできませんが、よろしいでしょうか。
- ✺ 味はちょっと辛いです
  ⇨ 味はちょっと辛いですが、よろしいでしょうか。
- ✺ この飲み物に少しアルコールが入っています
  ⇨ この飲み物に少しアルコールが入っていますが、よろしいでしょうか。

會話 2　　P. 75

- G 我要一份鮮蝦蒸餃。
- S 很抱歉，鮮蝦蒸餃目前賣完了。
- G 不會吧？我就是為了吃這個才來的……。
- S 真是非常抱歉，不巧由於午餐時間點（鮮蝦蒸餃）的客人很多……。如果您不介意，要不要試試蟹黃蒸餃呢？
- G 這樣子啊，那就點一份這個來吃吧！
- S 蟹黃蒸餃一份，對吧？好的，謝謝您。

〜切らしております

- ✺ 北京ダック
  ⇨ 北京ダックは切らしております。
- ✺ マンゴーかき氷
  ⇨ マンゴーかき氷は切らしております。
- ✺ ティラミス
  ⇨ ティラミスは切らしております。
- ✺ 5 千円札 ⇨ 5 千円札は切らしております。

會話 3　　P. 77

- G 這是什麼料理？
- S 這是腐皮蝦卷，用豆腐皮包上鮮蝦餡酥炸的料理。
- G 這個呢？
- S 這是絲瓜小籠包，裡面包絲瓜及鮮蝦。
- G 「he-chi-ma」絲瓜？
- S 是的，「ヘチマ」的漢字是「絲瓜」，有甜味，很好吃喔。
- G 這樣啊，那我來試試。
- S 您一定要吃一次看看喔！

〜を〜で　V　もの

例
- ✺ ゴーヤー・醤油・煮込む
  ⇨ ゴーヤーを醤油でを煮込んだものです。
- ✺ きゅうりとわかめ・お酢・和える ⇨ きゅうりとわかめをお酢で和えたものです。

- 鶏肉・お酒・漬ける
⇨ 鶏肉をお酒で漬けたものです。

Unit 9

會話 1　　P. 81

G 不好意思。
S 好的，我馬上為您服務。
　　…………（走向客人）…………
S 對不起。
G 給我一杯熱咖啡。
S 您要再來一杯熱咖啡？好的，馬上送來。

會話 2　　P. 82

S 請問味道還可以嗎？
G 滿好吃的。
S 您要再來點啤酒嗎？
G 那就再來一杯好了。
S 喝葡萄酒的客人，您呢？
G2 我不要了。給我（一杯）水。
S 好的。我幫您將酒杯端走。……（端走空杯）先失陪了。

ただいま〜

例

- お持ちいたします
⇨ ただいまお持ちいたします。
- （ご）確認いたします
⇨ ただいま（ご）確認いたします。
- 店長をお呼びいたします
⇨ ただいま店長をお呼びいたします。
- お席をご用意いたします
⇨ ただいまお席をご用意いたします。

〜をお持ちいたしましょうか

例

- おしぼり
⇨ おしぼりをお持ちいたしましょうか。
- お水 ⇨ お水をお持ちいたしましょうか。
- ナプキン
⇨ ナプキンをお持ちいたしましょうか。
- お子様用の取り皿
⇨ お子様用の取り皿をお持ちいたしましょうか。

Unit 10

會話 1　　P. 86

S 對不起。目前是最後點菜的時間，請問您還點需要些什麼嗎？
G 已經這麼晚啦？可不可以給我一杯咖啡？
S 好的，一杯咖啡是嗎？還需要其他的嗎？
G 這樣就可以了。
S 好的，咖啡馬上為您送來。

會話 2　　P. 87

S 很抱歉。到了最後點菜時間了，請問您還需要些什麼嗎？
G 不用了，已經吃得很飽了。
S 好的，請您慢用。

何か〜はございませんか

例

- ご追加 ⇨ 何かご追加はございませんか。
- ご質問 ⇨ 何かご質問はございませんか。
- ご不満 ⇨ 何かご不満はございませんか。
- ご不便なところ
⇨ 何かご不便なところはございませんか。

どうぞごゆっくり　お（ご）～くださいませ

例
- 召し上がる（お）
- ⇒ どうぞごゆっくりお召し上がりくださいませ。
- 選ぶ（お）
- ⇒ どうぞごゆっくりお選びくださいませ。
- くつろぐ（お）
- ⇒ どうぞごゆっくりおくつろぎくださいませ。
- 楽しむ（お）
- ⇒ どうぞお楽しみくださいませ。

Unit 11

會話1　P. 94

- S 讓您久等了。這是蒸餃還有炒飯，請慢用。
- G 謝謝。
- G2 糖醋排骨還沒好嗎
- S 現在正在做，請您再等一下。
- S （2分鐘後）對不起，這是湯、糖醋排骨。您所點的全都到齊了嗎？
- G 對。
- S 那麼請您慢用。謝謝您。

ごゆっくりと～

例
- お早めに
- ⇒ お早めにお召し上がりくださいませ。
- お気をつけて
- ⇒ お気をつけてお召し上がりくださいませ。
- 熱いうちに
- ⇒ 熱いうちにお召し上がりくださいませ。
- 冷めないうちに
- ⇒ 冷めないうちにお召し上がりくださいませ。

會話2　P. 96

- S 讓您久等了，（對不起）。請問點義大利千層麵的是哪一位？
- G 是我。
- S 不好意思。（放下義大利千層麵）盤子很燙，請小心慢用。
- …（為另一位點和風義大利麵的客人上菜）…
- S 這是您的和風義大利麵，稍後會為您送上咖啡。請您慢用。
- G2 謝謝！
- S （餐後）對不起，這是您的咖啡。請您慢慢享用。謝謝您。

～をご注文のお客様？

例1
- サーロイン
- ⇒ サーロインをご注文のお客様？
- フィレ ⇒ フィレをご注文のお客様？
- イセエビ ⇒ イセエビをご注文のお客様？
- あわび ⇒ あわびをご注文のお客様？
- 車海老 ⇒ 車海老をご注文のお客様？

例2
- 肩ロース
- ⇒ 肩ロースをご注文のお客様はどちら様でしょうか。
- リブロース
- ⇒ リブリースをご注文のお客様はどちら様でしょうか。

Unit 12

會話1　P. 100

- G 對不起。（召喚服務生）
- S 馬上來。……讓您久等了。請問有什問題？
- G 我的筷子掉了。
- S 好的，我馬上拿新的過來。
- G 謝謝。

190

S 不客氣。
　　　　　　（拿筷子過來）
S 不好意思，請用。
G 謝謝。
　　　　　（替客人換上乾淨的小碟子）
S 對不起。替您換一下小碟子。
G 謝謝。

～をお取り替えいたします

例
- フォーク
  ⇨ フォークをお取替えいたします。
- ナイフ ⇨ ナイフをお取替えいたします。
- グラス ⇨ グラスをお取替えいたします。
- お箸 ⇨ お箸をお取替えいたします。

～てしまう

例
- 間違える ⇨ 間違えてしまいました。
- 忘れる ⇨ 忘れてしまいました。
- 勘違いする ⇨ 勘違いしてしまいました。

會話 2　P. 102

S 對不起。請問這個可以幫您收走嗎？
G 可以。
S （收走吃完的餐盤）打擾了。
　………………（對另一位客人）
S 這個餐點還要用嗎？
G2 嗯，還要。
S 不好意思。請問甜點和飲料可以上了嗎？
G 好的，麻煩你。
G2 我的等一下再上。
S 好的。

～てもよろしいでしょうか

- お皿をお取り替えする ⇨ お皿をお取替えしてもよろしいでしょうか。
- コートをお預かりする ⇨ コートをお預かりしてもよろしいでしょうか。
- ちょっとお願いする ⇨ ちょっとお願いしてもよろしいでしょうか。

Unit 13

會話 1　P. 110

……（自客人手中接過帳單）……
S 這樣一共是 3,600 元。
G 3,600 元是嗎？麻煩你。（遞出四張千元鈔）
S 謝謝您。收您 4000 元。
……（打收銀機）……
S 讓您久等了。找您 400 元。……（把找的零錢與收據一起交給客人）
G 謝謝。
S 謝謝您的惠顧，歡迎您再度光臨。

～元お預かりいたします

例
- 5,000 元 ⇨ 5,000 元お預かりいたします。
- 1,500 元 ⇨ 1,500 元お預かりいたします。
- 1,000 元 ⇨ 1,000 元お預かりいたします。

會話 2　P. 112

S 我為您結帳。
G 我想要刷卡。
S 好的。收一下您的信用卡。
…（輸入帳單明細，並告知客人消費總額）…
S 一共是 5,500 元。…（把信用卡簽帳單遞給客人簽名）麻煩請您在這裡簽名。
G 嗯。（客人簽名。）
S 不好意思讓您久等了。這是您的信用卡和刷卡收據，請您確認一下。

～をお願いいたします

例 1
- ご確認 ⇨ ご確認をお願いいたします。
- ご協力 ⇨ ご協力をお願いいたします。

- ご記入 ⇨ ご記入をお願いいたします。

例2
- お名前のご記入
⇨ 恐れ入りますが、お名前のご記入をお願いいたします。
- お電話番号のご記入
⇨ 恐れ入れますが、お電話番号のご記入をお願いいたします。

Unit 14

會話1　P. 116

G 我們要個別買單。
S 好的。點今日套餐的客人，您的部分是 1,050 元。
G 好。（拿出錢）
S 謝謝。收您剛好 1,050 元。這是您的收據。
G 謝謝。
S 讓您久等了。點義大利麵套餐的客人，您的部分是 1,280 元。
G2 給你。（遞出錢）
S 好的。收您二千元。
……（打收銀機算帳）……
S 讓您久等了。剛才收您二千元，找您 720 圓，請您點收。

お会計を～で

例
- 現金
⇨ お会計を現金でお願いしたいんですが…。
- ドル
⇨ お会計をドルでお願いしたいんですが…。
- カード ⇨ お会計をカードでお願いしたいんですが…。
- 日本円
⇨ お会計を日本円でお願いしたいんですが……。

～元お返しいたします

例
- 120 元 ⇨ 120 元お返しいたします。
- 350 元 ⇨ 350 元お返しいたします。
- 672 元 ⇨ 672 元お返しいたします。
- 854 元 ⇨ 854 元お返しいたします。

會話2　P. 118

G 我們想要個別買單……。
S 真是非常抱歉。同行一群的客人是一起結帳，我們沒辦法分開結帳，一起結帳可以嗎？。
G 這樣啊，那沒關係。
S 真是對不起。

～かねます

例
- いたす ⇨ いたしかねます。
- わかる ⇨ わかりかねます。
- 応じる ⇨ 応じかねます。
- お受けできる ⇨ お受けできかねます。

～はご遠慮ください

例
- 飲食物のお持ち込み
⇨ 飲食物のお持ち込みはご遠慮ください。
- お持ち帰り
⇨ お持ち帰りはご遠慮ください。
- 単品でのご注文
⇨ 単品でのご注文はご遠慮ください。
- サイドメニューのみのご注文 ⇨ サイドメニューのみのご注文はご遠慮ください。

會話3　P. 120

S 含服務費，總共是 3,940 元。
G 我們需要收據……。
S 好的。請問公司抬頭是？。
G 藤山股份公司，這是名片。

S 品項要寫什麼呢？
G 餐飲費。
S 好的。……讓您久等了，這是收據。

～込み

例
- 税 ⇨ 税込みでございます。
- 送料 ⇨ 送料込みでございます。
- 消費税 ⇨ 消費税込みでございます。
- 入館料 ⇨ 入館料込みでございます。

～をお願いしたいんですが…

例
- お会計
⇨ お会計をお願いしたいんですが。
- タクシー
⇨ タクシーをお願いしたいんですが。
- 日本に宅配
⇨ 日本に宅配をお願いしたいんですが。

Unit 15

會話 1　　P. 124

（客人準備起身離去時）
S 今天料理合您的胃口嗎？
G 每一樣都很好吃。
S 謝謝您（的稱讚）。您東西都有拿嗎？
　　（一起確認是否有忘了的東西）
G 啊！我忘了傘。
S 我去拿，請您稍候。
　　………（去取傘）………
S 讓您久等了，是這把嗎？
G 是的，謝謝你。
S 不客氣。希望您再度光臨！一路小心！

Unit 16

會話 1　　P. 132

G 對不起，我點的東西還沒有送來…。
S 真是非常抱歉。請問是哪一道菜還沒上呢？
G 蝦餃。
S 真是非常抱歉。我現在馬上為您確認，請您稍候。
　　………（前往廚房確認）………
S 非常抱歉。由於目前客人非常多，料理需要花點時間。餐點稍後隨即送來，請您再稍候。
G 那麼，麻煩快一點。

～てまいります

例 1
- 交換する ⇨ 交換してまいります。
- 準備する ⇨ 準備してまいります。
- 持つ ⇨ 持ってまいります。

例 2
- 交換する
⇨ ただいま交換してまいりますので、もう少々お待ちくださいませ。
- 準備する
⇨ ただいま準備してまいりますので、もう少々お待ちくださいませ。
- 持つ
⇨ ただいま持ってまいりますので、もう少々お待ちくださいませ。

會話 2　　P. 134

G 對不起，我沒點這個……。
S 真的嗎？真是非常抱歉。我馬上確認，請稍候。
………（確認客人點的菜）……
G 我點的是小籠包，這應該不是吧？
S 真是非常抱歉。現在立即為您送來小籠包，請您再稍等一下。

G 還有，我剛才還要了水。
S 非常抱歉，馬上送來。

～をお持ちいたします

例 1
- 飲み物 ⇨ 飲み物をお持ちいたします。
- デザート
⇨ デザートをお持ちいたします。
- 注文の品
⇨ 注文の品をお持ちいたします。
- おしぼり
⇨ おしぼりをお持ちいたします。
- つまようじ
⇨ つまようじをお持ちいたします。

例 2
- 飲み物
⇨ すぐに飲み物をお持ちいたします。
- デザート
⇨ すぐにデザートをお持ちいたします。
- メニュー
⇨ すぐにメニューをお持ちいたします。
- 新しいお皿
⇨ すぐに新しいお皿をお持ちいたします。

Unit 17

會話 1　P. 138

（服務人員打翻果汁，灑在客人的衣服上）
G 啊……！
S 真是非常對不起。我馬上去拿濕毛巾給您。
　（立即將濕毛巾遞給客人）
S 真是非常抱歉。請問您的衣服還好嗎？
G 沒有關係。要小心喔！
　………（店長過來客人處）………
S2 真是非常抱歉。剛才我們的工作人員不小心，真是非常抱歉。
G 只有一點點，別在意。

～のほうは大丈夫でしょうか

- 手 ⇨ 手のほうは大丈夫でしょうか。
- 靴 ⇨ 靴のほうは大丈夫でしょうか。
- 足 ⇨ 足のほうは大丈夫でしょうか。

會話 2　P. 140

G 喂，你看一下這個。（指著湯裡的異物）
S 真的是非常抱歉。現在立即為您重上新的，請您再稍等一下好嗎？
G 不用了！
S 非常抱歉，今天您的餐點不算錢。我們今後一定會小心不再讓這種事情發生。真是對不起。

～ので

例
- 席を準備する
⇨ 席を準備いたしますので、しばらくお待ちいただけますでしょうか。
- 確認する
⇨ 確認いたしますので、しばらくお待ちいただけますでしょうか。
- 調べる
⇨ お調べいたしますので、しばらくお待ちいただけますでしょうか。
- 店長を呼ぶ
⇨ 店長をお呼びいたしますので、しばらくお待ちいただけますでしょうか。

會話 3　P. 142

G 喂，這個杯子有缺口耶。
S 真是非常抱歉。請問您沒有受傷吧？
G 是沒有啦，可是很危險耶。
S 真是非常對不起。我現在立即為您換一個新的杯子。
G 小心一點啦。
S 真是非常抱歉。今後一定特別留意。

このグラスは〜

例
- ヒビが入っている
  ⇨ このグラスはヒビが入っている。
- 汚れがついている
  ⇨ このグラスは汚れがついている。
- 水あかが残っている
  ⇨ このグラスは水あかが残っている。
- しみがついている
  ⇨ このグラスはしみがついている。
- 割れている ⇨ このグラスは割れている。

Unit 18

會話 1　P. 146

- G 對不起，這道菜的味道有點怪。沒有熟吧？
- S 真抱歉！現在立即為您重新準備一份，可否請您再稍等一下呢？
- G 那就拜託囉。我在趕時間，麻煩快點。
- S 好的，非常抱歉。先失陪了。

〜んじゃないの？

例
- いたんでいる
  ⇨ いたんでいるんじゃないの？
- 生焼け ⇨ 生焼けなんじゃないの？
- しょっぱすぎる
  ⇨ しょっぱすぎるんじゃないの？
- 味が変 ⇨ 味が変なんじゃないの？
- 水っぽい ⇨ みずっぽいんじゃないの？
- 新鮮ではない
  ⇨ 新鮮ではないんじゃないの？
- 甘すぎる ⇨ 甘すぎるんじゃないの？

會話 2　P. 148

- 烤得太熟了。
  沒烤熟
  （太老）咬不斷
  太硬了
- 這個湯冷掉了。
  只有一點點溫
  味道太淡了
  太甜
  太鹹
  太辣
- 這個味道怪怪的
  有點奇怪
  太可怕了
  不好
- 吐司烤太焦了。
  烤得不夠
  烤焦了
  有怪味
- 這個葡萄酒有點酸。
- 這個啤酒已經沒氣了。
- 這個牛奶已經發酸了。

〜がする

例
- いいにおい ⇨ いいにおいがします。
- どんな味 ⇨ どんな味がしますか。
- 変なにおい ⇨ 変なにおいがします。
- おいしそうな感じ
  ⇨ おいしそうな感じがします。

〜は　自動詞＋ている

- ミルク・傷む
  ⇨ ミルクはいたんでいます。
- トースト・焦げる
  ⇨ トーストは焦げています。
- ビール・気が抜ける
  ⇨ ビールは気が抜けています。

🍊 アイスクリーム・溶ける
➡ アイスクリームは溶けています。

Unit 19

會話 1　P. 156

（接電話）
S 這裡是「福滿園」餐廳。
G 我想要訂位。
S 謝謝。請問您打算訂哪一天呢？
G 嗯，我想訂 6 月 14 日，晚上 7 點。
S 好的，6 月 14 日，晚上 7 點，是吧？請問您一共幾位？
G 有 4 位
S 好的。不好意思，請教您貴姓大名以及聯絡電話。
G 我叫山本。電話號碼是 090-3355-3567。
S 好的。現在為您重複一次訂位的內容。您是用山本先生的名字訂位，一共有四位，訂位日期及時間是 6 月 17 日晚上七點鐘。您的聯絡電話是 090-3355-3567。這樣沒錯嗎？
G 是的。麻煩你。
S 謝謝您。那麼就等您大駕光臨。我負責訂位，敝姓鈴木。如果有什麼事情請跟我聯絡。
G 好。
S 那麼再見了。

～をお待ちしております

🍊 ご連絡 ➡ ご連絡をお待ちしております。
🍊 お越し ➡ お越しをお待ちしております。
🍊 ご予約 ➡ ご予約をお待ちしております。
🍊 お電話 ➡ お電話をお待ちしております。

會話 2　P. 158

S 這裡是亞克亞餐廳。
G 今天晚上我想到你們餐廳吃飯，三個人。有位子嗎？
S 您要訂位是嗎？謝謝。請問要訂幾點？
G 七點半。
S 馬上為您確認，請稍等。
S 很抱歉，那個時間已經客滿了。六點的話還有位子，您覺得如何？
G 六點沒辦法。
S 很抱歉。謝謝您的電話，歡迎您下次再度訂位。

～でしたら～

例

🍊 7 月 25 日
➡ 7 月 25 日でしたら、ご用意できますが…。
🍊 来週の金曜日
➡ 来週の金曜日でしたら、ご用意できますが…。
🍊 夜 8 時
➡ 夜 8 時でしたら、ご用意できますが…。
🍊 午後 1 時
➡ 午後 1 時でしたら、ご用意できますが…。
🍊 木曜日の夜 6 時
➡ 木曜日の夜 6 時でしたら、ご用意できますが…。
🍊 来月の 21 日
➡ 来月の 21 日でしたら、ご用意できますが…。

會話 3　P. 160

S 請問您要指定座位嗎？
G 如果可以的話，請給我們靠窗的座位。
S 好的。我就為您安排靠窗的座位。
G 麻煩你了。
S 有關用餐的部分，您是要當日來店之後再決定？還是現在先點？

G 到了餐廳再點。
S 好的。

～をご用意させていただきます

例
- 禁煙席
⇨ 禁煙席をご用意させていただきます。
- 喫煙席
⇨ 喫煙席をご用意させていただきます。
- カウンター席
⇨ カウンター席をご用意させていただきます。
- テーブル席
⇨ テーブル席をご用意させていただきます。
- テラス席
⇨ テラス席をご用意させていただきます。
- 個室
⇨ 個室をご用意させていただきます。

Unit 20

會話 1　P. 164

G 請問你們的店在哪裡？
S 在敦化南路與信義路交叉口附近。
G 我現在在捷運大安站打的電話，要怎麼過去？
S 您沿著信義路往市政府方向直走，在玉山銀行第二個轉角左轉的小巷子裡。
G 好複雜。我先走走看。
S 如果找不到的話，麻煩請您再撥一次電話。我們等候您的大駕光臨。

～の位置　にございます

例
- 陸橋・先に ⇨ 陸橋の先にございます。
- バス停・手前に
⇨ バス停の手前にございます。
- 駐車場・側に
⇨ 駐車場の側にございます。
- 病院・前に ⇨ 病院の前にございます。
- 公園・裏に ⇨ 公園の裏にございます。
- カフェ・上に
⇨ カフェの上にございます。

會話 2　P. 166

G 剛剛我把傘忘在你們那裡的樣子。
S 什麼樣的傘呢？
G 咖啡色格子花紋的折疊傘。
S 我查一下，請您不要掛斷，稍等一下。
G 讓您久等了。有（那把傘）。請問您要怎麼辦？
S 我馬上去拿。
G 我知道了，我會將傘放在櫃枱。請問您的大名是？
S 森田。
G 好的。等候您過來。

位置　に　物を忘れました

例
- トイレ・帽子
⇨ トイレに帽子を忘れました。
- 個室・かばん
⇨ 個室にかばんを忘れました。
- カウンター席・マフラー
⇨ カウンター席にマフラーを忘れました。
- テーブル・サングラス
⇨ テーブルにサングラスを忘れました。

練習解答

Unit 3　P. 32

1 次の単語を日本語で答えなさい。

1. 窓際
2. シェフ
3. カウンター席
4. 席
5. お客
6. 定休日
7. 満席
8. 案内する
9. 相席

2 並び替え

1. いらっしゃいませ。何名様ですか。
2. 喫煙は屋外の席のみでございます。
3. 予約しておいた石川ですが。

3 例のように文を作りなさい。

1. お知らせします
2. ご確認します
3. お待たせします
4. ご延長なさいます。
5. ご心配なさいます。

4 a、b の正しい方を選びなさい。

1. b　2. a　3. b　4. a

5 ( ) に最もふさわしい言葉を□の中から選びなさい。

1. 少々
2. ただいま
3. 禁煙
4. お席

6 下の□から最もよい言葉を選んで会話を完成させなさい。

1. いらっしゃいませ
2. かしこまりました
3. ご案内いたします
4. どうぞ

7 次の文を翻訳しなさい。

1. ご予約はなさっていますか。
2. 何名様ですか。
3. 少々お待ちください。
4. お席へご案内いたします。

Unit 4　P. 41

1 a、b の正しい方を選びなさい。

1. a　2. a　3. b　4. b　5. a

2 例のように文を作りなさい。

1. お待ちになります。
2. ご説明になります。
3. お子様用のいすはお使いになりますでしょうか。
4. お取り皿はお使いになりますでしょうか。

3 次の文を翻訳しなさい。

1. あいにくテラス席は満席でございます。
2. あと 10 分ほどでご案内できます。
3. 3 名様でいらっしゃいますか。
4. どのくらい待ちますか。
5. 水曜日は定休日でございます。

4 ( ) に最もよい言葉を下の□から選んで、会話を完成させなさい。

1. a あいにく b のですが
2. c 次第 d. よろしい
3. e それでは

5 並び替え

1. 少々お待ちいただけますでしょうか。
2. またのご来店をお待ちしております。
3. 窓際の席のほうがいいんだけど。

Unit 5　P. 50

1 次の単語を日本語で答えなさい。

1. 箸
2. さわやかな
3. スプーン
4. アイスティー
5. お子様ランチ
6. ソース
7. おしぼり
8. 濃い目の味
9. レア
10. コップ
11. バイキング形式
12. グラス
13. 日替わりセット
14. 食後
15. ナプキン

2 （　）内の言葉を並べ替えて正しい文に直しなさい。

1. ｄａｃｂ（本店の看板メニューで）
2. ｂａｄｃ（はいかがでしょうか）
3. ｂａｄｃ（後ほどご注文を伺い）
4. ｃｂａｄ（7 品で 3000 元のお得コース）
5. ｃａｄｂ（本日のおすすめは）

3 （　）に正しい言葉を書きなさい。

1. ご挨拶して→（ご挨拶させて）
2. 手伝う→（お手伝い）
3. なる→（なりました）
4. 預か→（お預かり）

4 次の会話を読んで、下の質問に答えなさい。

1. 和風パスタセットを一つとコーヒーを一つ注文しました。
2. 食前に出します。
3. メニューは下げます。

Unit 6　P. 57

1 例のように文を作りなさい。

1. お好きですか。
2. お嫌いですか。
3. お元気ですか。
4. お恥ずかしいですか。

2 例のように文を作りなさい。

1. お召し上がりに
2. お使いに
3. お試しに
4. お飲みに
5. ご覧になって

3 次の単語を日本語で答えなさい。

1 酢豚
2 北京ダック
3 マーボー豆腐
4 大根もち
5 ショウロンポウ
6 ふかひれスープ

4 （　）の部分の中国語を日本語にしなさい。

1. ａ ふんだんに　ｂ メインディッシュ
2. ｃ こってりとした
3. ｄ 他に

5 （　）内の a、b から会話にふさわしい方を選びなさい。

1. a　2. a　3. b

6 並び替え

1. デザートは杏仁豆腐二つでございます。
2. よろしければ、ぜひお召し上がりになってみてください。
3. それを一ついただいてみます。
4. きょうはこってりとしたパスタが食べたい。

Unit 7　P.66

1. か　2. から　3. は　4. に　5. で

2 例のように文を作りなさい。

1. こちらにお座りください。
2. あちらからお選びください。
3. こちら側にお並びください。
4. 店員をお呼びください。
5. こちらのお席におかけください。

3 例のように質問文を作り、（　）を使って自由に答えなさい。

1. Q：たまごはいかがいたしましょうか。
   A：オムレツをお願いします。
2. Q：デザートはいかがいたしましょうか。
   A：アイスクリームをお願いします。
3. Q：ステーキの焼き加減はいかがいたしましょうか。
   A：ミディアムでお願いします。

4 次の文を翻訳しなさい。

1. ステーキの焼き加減はいかがいたしましょうか。
2. ご注文を確認いたします。
3. お皿をお下げいたします。
4. 以上でご注文はよろしいでしょうか。

5 並び替え

1. それではご注文の確認をいたします。
2. ケーキセットがお一つ。
3. お飲み物は紅茶でよろしいですね。。

6 次の単語を中国語で答えなさい。

1. 主菜
2. 酒類
3. 牛排
4. 綜合沙拉
5. 沙朗牛排
6. 薯條
7. 礦泉水
8. 綠花椰菜
9. 沙拉醬
10. 千島沙拉醬
11. 奶油水果蛋糕
12. 酒單

Unit 8　P.79

1 絵に最もふさわしい料理単語を下の中から選んで答えなさい。

1. 煮込む
2. 揚げる
3. 和える
4. 漬ける
5. 蒸す
6. 茹でる
7. 炒める
8. かける
9. 焼く

2 次の a.～e. の言葉を並べ替えて正しい文に直しなさい。

1. この飲み物に少しアルコールが入っています。（adceb）
2. 20分ほどお時間がかかります。（beadc）
／お時間が20分ほどかかります。(adbec)
3. 現金のみですが、よろしいでしょうか。(ecbad)
4. 鶏肉をごま油で炒めたものです。(bdeca)
／ごま油で鶏肉を炒めたものです。(dbeca)
5. 単品でご注文はできません。(dacbe) ／ご注文は単品でできません。(cbdae)

3 例のように文を作りなさい。

1. 北京ダックは切らしております。
2. マンゴーかき氷は切らしております。
3. ティラミスは切らしております。
4. 鶏肉をお酒で漬けたものです。
5. きゅうりとわかめをお酢で和えたものです。

4 以下の日本語を中国語に翻訳しなさい。

1. 焗烤蝦要花20分左右，您可以接受嗎？
2. 我沒辦法慢慢來！有沒有可以快點上的菜？
3. 我們的鮮蝦香料飯或是咖哩飯，都可以早點為您上菜的。

Unit 9 P. 84

1 例のように文を作りなさい。

1. ただいまお持ちいたします。
2. ただいまご確認いたします。
3. ただいまお席をご用意いたします。

2 以下中国語を日本語に翻訳しなさい。

1. G：すいません。
   S：はい、ただいまお伺いいたします。
2. ホットコーヒーの追加でございますね。かしこまりました。すぐお持ちいたします。
3. グラスをお下げいたします。
4. ただいま店長をお呼びいたします。
5. ビールのお代わりをお持ちいたしましょうか。

3 例のように文を作りなさい。

1. お水をお持ちいたしましょうか。
   ―じゃ、お願いします。
2. ナプキンをお持ちいたしましょうか。
   ―いいえ、けっこうです。
3. お子様用の椅子をお持ちいたしましょうか。
   ―いいえ、けっこうです。

4 左の会話文に最もあう会話文を右から選んで線で結びなさい。

1. c   2. a   3. b

Unit 10 P. 89

1 例のように丁寧な表現に変えなさい。

1. ご注文
2. お時間
3. ご不便
4. お料理
5. ご不満

2 例のように文を作りなさい。

1. どうぞごゆっくりおくつろぎくださいませ。
2. どうぞごゆっくりお過ごしくださいませ。
3. どうぞお楽しみくださいませ。
4. どうぞごゆっくりお召し上がりくださいませ。

3 次の文を翻訳しなさい。

1. 何かご注文はございませんか。
2. もう、おなかいっぱいです。
3. どうぞごゆっくりお過ごしくださいませ。
4. ラストオーダーのお時間になりました。

201

Unit 11　P. 98

1 次の単語を日本語で答えなさい。

1. プレースマット
2. デザード
3. サラダ
4. メイン
5. スープ
6. 取り皿
7. 付け合わせ
8. 前菜
9. 取り替え

2 並び替え

1. こちらをお下げしてもよろしいでしょうか。
2. こちらのタレをつけてお召し上がりください。
3. パクチー抜きでお願いします。
4. 飲み物は食後でよろしいですか。

3 次の文を翻訳しなさい。

1. 後ほど、コーヒーをお持ちいたします。
2. おかわりいかがですか。
3. お食事はお済でしょうか。
4. 持ち帰りをお願いします。
5. ご注文の品は以上でよろしいでしょうか。

4 例のように文を作りなさい。

1. あわびをご注文のご客様はどちら様でしょうか。
2. 車えびをご注文のご客様はどちら様でしょうか。
3. イセエビをご注文のご客様はどちら様でしょうか。

Unit 12　P. 104

1 絵を見て例のように文を言いなさい。

1. グラスをお取替えいたします。
2. ナイフをお取替えいたします。
3. フォークをお取替えいたします。
4. お皿をお取替えいたします。
5. ナプキンをお取替えいたします。

2 例のように文を作りなさい。

1. 間違えてしまいました。
2. 水をこぼしてしまいました。
3. 勘違いしてしまいました。
4. 箸を落としてしまいました。

3 □の中から記号を選び、会話を完成させなさい。

1. c　2. e　3. c　4. b　5. d　6. f　7. a

Unit 13　P. 114

1 次の単語を日本語で答えなさい。

1. 領収書
2. サインする
3. クレジットカード
4. サービス料
5. 伝票
6. 別々で
7. お釣り
8. レジ
9. 細かいお金
10. 割り勘
11. 但し書き
12. 税込み

2 メニューを見て、例のように会話文を作りなさい。

1. S：お会計は 200 元でございます。
   S：ありがとうございます。200 元お預かりいたします。
   S：20 元のお返しでございます。
2. S：お会計は 450 元でございます。
   S：ありがとうございます。500 元お預かりいたします。
   S：50 元のお返しでございます。

202

3. S：お会計は680元でございます。
   S：ありがとうございます。1000元お預かりいたします。
   S：320元のお返しでございます。

3 次の文を翻訳しなさい。

1. 本日はご来店いただき、ありがとうございました。
2. お会計はご一緒でよろしいでしょうか。
3. 個別会計できますか。
4. 細かくなりますので失礼します。
5. 申し訳ございませんが、クレジットカードはご利用いただけません。

Unit 14 P. 122

1 読み方をひらがなで答えなさい。

1. べつべつ
2. ひがわり
3. いっかつ
4. いんしょく
5. ただしがき
6. でんぴょう
7. らいてん
8. おそれいる
9. ほんじつ

2 絵を見て例のように言いなさい。

1. お会計をカードでお願いしたいんですが。
2. お会計を日本円でお願いしたいんですが。
3. お会計をドルでお願いしたいんですが。

3 例のように言いなさい。

1. 食べ物の持ち込みはご遠慮ください。
2. 単品でのご注文はご遠慮ください。
3. お持ち帰りはご遠慮ください。

4 例のように文を作りなさい。

1. 断りかねます
2. わかりかねます
3. 応じかねます

5 （　）に入れる言葉を□の中から選び、会話を完成させなさい。

1. お会計
2. 領収書
3. 宛名
4. 但し書き
5. 飲食代

6 並び替え

1. ご来店のグループごとのお会計となっております。
2. お会計はご一緒でよろしいでしょうか。
3. 日替わりセットをご注文のお客様

Unit 15 P. 126

1 絵を見て例のように言いなさい。

1. お会計をお願いしたいんですが。
2. タクシーをお願いしたいんですが。
3. 領収書をお願いしたいんですが。
4. 注文をお願いしたいんですが。
5. 持ち帰りをお願いしたいんですが。

2 （　）の部分を並べ替え、正しい文に直しなさい。

1. のお料理はお口に合いました
2. お忘れ物はございません
3. 取ってまいりますので少しお待ち
4. ご来店をお待ちしております

3 例のように丁寧な表現に変えなさい。

1. 申し訳ございません。
2. 少々お待ちくださいませ。
3. はい、かしこまりました。
4. ただいまお持ちいたします。

Unit 16　P.136

1　次の単語を日本語で答えなさい。

1. ホール
2. 取り替える
3. 作り直す
4. お金を払い戻す
5. オーダーミス
6. 取り消す

2　例のように文を作りなさい。

1. すぐに準備してまいります。
2. すぐに持ってまいります。
3. すぐに聞いてまいります。
4. すぐに作ってまいります。
5. すぐに交換してまいります。

3　例のように文を作りなさい。

1. 注文の品をお持ちいたします。
2. おしぼりをお持ちいたします。
3. つまようじをお持ちいたします。
4. デザートをお持ちいたします。
5. メニューをお持ちいたします。

4　□から適当な言葉を選んでクレームを言いなさい。

1. いたんで
2. ぬるい
3. ぬけて
4. 冷めて
5. 変

5　次の文を翻訳しなさい。

1. Aセット（を）頼んだんですけど、まだですか？
2. 今すぐに新しいものをお持ちいたします。
3. 今すぐに交換させていただきます。
4. マネージャーを呼んで参ります。

6　並び替え

1. 注文したものがまだ来てないんですが。
2. ただいま大変込み合っております。
3. まもなくお持ちできますので、もうしばらく

Unit 17　P.144

1　次の中国語を日本語で答えなさい。

1. 割れている
2. 水あかが残っている
3. 欠けている
4. 汚れがついている
5. ヒビ（が入っている）
6. 切れない

2　例のように文を作りなさい。

1. すぐにお調べしますので、しばらくお待ちください。
2. 店長をお呼びしますので、しばらくお待ちください。
3. 交換いたしますので、しばらくお待ちください。
4. 新しくお作りしますので、しばらくお待ちください。
5. （お）席を準備いたしますので、しばらくお待ちください。

3　例のように文を作りなさい。

1. スープに髪の毛が入っています。
2. 餃子に輪ゴムが入っています。
3. ラーメンにビニールが入っています。
4. グラタンに髪の毛が入っています。

4　弁償案を提示しなさい。

（解答例）

1-a. クリーニング代を負担させていただきます。
1-b. 今回のお代は、お支払いいただかなくても結構です。
2-a. 本日のお料理はサービスさせていただきます。
2-b. 今すぐに新しいものをお作りいたします。

5 並び替え

1. すぐにおしぼりをお持ちいたします。
2. お洋服のほうは大丈夫でしょうか。
3. 先ほどは、係の者が粗相をいたしまして。
4. 今後このようなことがないよう十分気を付けます。

Unit 18　P. 150

1 次の中国語を日本語で答えなさい。

1. スープが冷めています。
2. ミルクはいたんでいます。
3. トーストは焦げています。
4. アイスクリームは溶けています。
5. ビールは気が抜けています。

2 例のように文を作りなさい。

1. いたんでいるんじゃないの？
2. 水っぽいんじゃないの？
3. 甘すぎるんじゃないの？
4. 生焼けなんじゃないの？
5. 味が変なんじゃないの？

3 例のように文を作りなさい。

1. スープが冷めています。
2. アイスクリームが溶けています。
3. ビールは気が抜けています。
4. トーストが焦げています。

4 例のように文を作りなさい。

1. 変なにおいがします。
2. どんな味がしますか。
3. おいしそうな感じがします。
4. いいにおいがします。

5 食事の苦情を言ってみてください。

解答例
A　1. 焼きすぎ　2. かたい　3. 噛み切れない
B　1. 味が薄い　2. 生温い　3. 辛すぎる
C　1. まずい　2. おかしい　3. ひどい

Unit 19　P. 162

1 □の中から最も適当な単語を選びなさい。

1. ラストオーダー
2. お名前
3. ご希望
4. 営業時間
5. ご用意

2 例のように文を作りなさい。

1. 7月25日でしたら、ご用意できますが…。
2. 午後1時でしたら、ご案内できますが…。
3. 来週の金曜日でしたら、ご予約できますが…。
4. 夜8時からでしたら、ご案内できますが…。

3 次の文を翻訳しなさい。

1. ご来店をお待ちしております。
2. ご予約は必要ございません。
3. ご予約を承りました。
4. 当店では予約を受け付けておりません。

4 絵を見て□から単語を選んで、例のように言いなさい。

1. （ c ）禁煙席をご用意させていただきます。
2. （ a ）カウンター席をご用意させていただきます。
3. （ d ）テーブル席をご用意させていただきます。
4. （ e ）喫煙席をご用意させていただきます。
5. （ f ）テラス席をご用意させていただきます。

Unit 20　P. 168

1 次の中国語を日本語で答えなさい。

1. 病院の前
2. 陸橋の下
3. 公園の裏
4. バス停の手前
5. 銀行の横
6. 駐車場の側
7. 信号の突き当たり
8. 駐車場と銀行の間
9. カフェの上

2 例のように言いなさい。

1. テーブルにサングラスを忘れました。
2. トイレに帽子を忘れました。
3. カウンター席に傘を忘れました。
4. テラス席に財布を忘れました。
5. 個室にかばんを忘れました。

3 並び替え

1. そちらのお店はどこにあるんですか。
2. MRTの大安駅から電話をしてるんですが。
3. この道をまっすぐ進んでください。
4. そのまましばらくお待ちください。

4 地図を見ながら、店の場所を説明してみてください。

（解答例）

1. 信義路沿いに病院の方向へまっすぐ進んでください。玉山銀行を右に曲がって左手にございます。
2. 次の信号を渡って一つ目の角を右に入った小さな路地にございます。

完美待客!
餐飲服務日語

作　　　者	Yuko Huang／堀尾友紀／葉平亭
編　　　輯	黃月良
校　　　對	洪玉樹

美 術 設 計	林書玉
內 頁 排 版	謝青秀
圖　　　片	shutterstock
製 程 管 理	洪巧玲
發 行 人	黃朝萍
出 版 者	寂天文化事業股份有限公司
電　　　話	+886-(02)-2365-9739
傳　　　真	+886-(02)-2365-9835
網　　　址	www.icosmos.com.tw
讀 者 服 務	onlineservice@icosmos.com.tw
出 版 日 期	2025年4月　初版一刷（寂天雲隨身聽APP版）

＊本書原書名《餐飲服務日語》

Copyright 2025 by Cosmos Culture Ltd.
版權所有　請勿翻印

郵　撥　帳　號　1998-6200 寂天文化事業股份有限公司

・訂書金額未滿1000元，請外加運費100元。
〔若有破損，請寄回更換，謝謝。〕

國家圖書館出版品預行編目資料（CIP）

完美待客!餐飲服務日語(寂天雲隨身聽APP版)
/Yuko Huang, 堀尾友紀, 葉平亭著. -- 初版. -- [
臺北市］：寂天文化事業股份有限公司, 2025.04
　面；　公分
ISBN 978-626-300-309-5　(16K平裝)

1.CST: 日語 2.CST: 餐飲業 3.CST: 會話
803.188　　　　　　　　　114003604